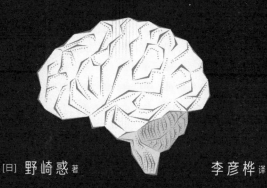

[日] 野崎惑 著 　　　　李彦桦 译

电 子 脑 叶

台海出版社

◇千本櫻文庫◇

　　文库，原本是指收纳书物的仓库和书库，也指收纳书与记事簿，以及不常用物品的小箱子。以前者为例，京浜急行线的"金泽文库站"就是以前镰仓时代北条氏用来收藏汉书用的，"金泽文库"名字的由来便是如此。东京都的世田谷区也存在着收集着珍贵汉书的"静嘉堂文库"。后者则更多地被称为"手文库"。

　　江户时代以来，可以放入袖袂的小开本书籍逐渐流行起来，被称为"袖珍本"。明治三十六年（1903年），富山房发行了小开本的丛书，起名"袖珍名著文库"。随后，明治四十四年（1911年），讲述战国时代的猿飞佐助和雾隐才藏系列故事的讲谈社"立川文库"发行出版。讲谈是日本民间艺术，以口语化的方式讲述历史故事的形式。而"立川文库"则是将讲谈收录成册集中出版的丛书，据统计，当时刊行量为200册左右。从那时起，文库就脱离了原本的释意，逐渐演变成了现在的类书集丛。

　　文库说法借鉴了日本出版业界的传统说法。而千本樱源自日本奈良县吉野山樱花盛开的奇景，世人皆称"一目千本樱"来形容樱花美景。千本樱文库的纳入作品皆为日系作品，题材包括推理、悬疑、幻想、青春、文化等类型，正如千本樱满山盛开的绝景。

现代日本，以"文库"命名刊行的丛书系列有 200 种以上，所谓"文库本"只不过是统称而已。日本传统的"文库本"常用的是 A6 尺寸的 148mm×105mm，也叫"A6 判"。千本樱文库的所有书籍将在"文库本"的基础上提升，达到 148mm×210mm 的开本标准。追求还原的前提下，力图带给读者更清晰的阅读体验。

明治维新以来，日本文坛迎来了爆发期，涌现出了众多文豪级的作家。受到许许多多名作的影响，日本的出版社也从中受益，得到了突破性的发展。各家出版社为了传承文化、加强创新，纷纷设立了"文学新人奖"，用以发掘年轻作家。其中，老社角川书店在 20 世纪 90 年代初期设立了"电击小说大赏"，作为当今极具影响力的轻小说新人奖，每年都会吸引到数千件投稿。2009 年，"电击小说大奖"为了扩大受众群，专为成年人设立了"MediaWorks 文库奖"。

最初的"MediaWorks 文库奖"的作品是野崎惑创作的《映》，该系列也推出了多部作品。作者出道之时刚好是而立之年，他虽然是轻小说新人奖出身，写作风格却充满狂气。作品中的人物和剧情时常超出常理，完全超乎读者想象，素有"剧毒"之称。《映》系列完结以后，野崎惑转投日本最大的科幻作品出版社之一的"早川文库 JA"，推出其代表作《电子脑叶》。该作一举入围"第 34 届日本 SF 大奖"。此后，野崎惑又陆续创作出了《巴比伦》《HELLO WORLD》等作品，均已被媒体化。而他也担任了多部原创作品的编剧，其作品最大的魅力就在于超乎寻常的剧情展开与设定，希望本作能够给您带来至高的阅读体验。

千本樱文库编辑部

◇作家 WRITER

鲇川哲也奖作家系列

◇ 相泽沙呼
◇ 城平京
◇ 芦边拓
◇ 柄刀一

梅菲斯特奖作家系列

◇ 天祢凉
◇ 西尾维新
◇ 井上真伪
◇ 殊能将之
◇ 木元哉多
◇ 北山猛邦

其他作家系列

◇ 深木章子
◇ 三津田信三
◇ 乙一
◇ 仓知淳
◇ 横关大
◇ 野崎惑

KNOW

CONTENTS

于是耶和华神把人赶出去了；

又在伊甸园的东边安设基路伯和四面转动释放火焰的剑，

要把守生命树的道路。

......

......

—— 《圣经创世纪》3—24

KNOW

Ⅰ. 诞生

1

透入眼睑的晨曦宣告着起床时刻的到来。

我揉揉眼睛，坐起了上半身。这张床虽然陌生，却柔软且散发着淡雅芬芳，让我这一觉睡得又香又甜。虽然自己家里的床比这张高级得多，但女人家里的床睡起来总是让人心旷神怡，这无关价格或质量。

一名全身赤裸的女人正睡在我的身旁。我不禁摸了摸她的臀部，并借由清晨的阳光欣赏其美丽的身体曲线。不愧是我精挑细选的女人，我不禁心满意足地点了点头。

接着我下了床，未经主人的允许就擅自走进了浴室。

我冲完了澡，回到房里着装。衣裤都是昨天穿过的，唯独内裤是在便利商店买的新品。打从一开始，我的目的就是要上床，该做的准备当然没有马虎。

我一边哼着歌，一边走进了别人家的厨房。

今天的早餐是法式吐司，因为我在厨房里找到了吐司跟鸡蛋。就在我打好了鸡蛋，正要放入砂糖时，发现砂糖盒是空的。

幸好我在料理台下方厨柜的左边深处找到了备用的砂糖包。

加入了砂糖后，我把吐司浸在里头。接着我一边用平底锅和锅铲煎着吐司，一边浏览网络上的新闻。真是平静的一天，既没有特别温馨的新闻，也没有特别悲惨的新闻。一看星座占卜，我的星座竟然是第一名，上头还写着"将有美丽的邂逅"。昨晚才邂逅了一个，今天又要来一个，可真让我有点吃不消。

就在我将咖啡及吐司摆上桌的时候，女人从寝室走了出来。

刚刚她还一丝不挂，此时却穿上了睡衣。四目相交的瞬间，她别过了头，满脸羞赧之色。矜持是日本女人的美德，我不禁再度心满意足地点点头。

"我做了早餐，吃不吃？"我笑着问道。

她低声说了句"好"，走到桌边坐下。她畏畏缩缩地将法式吐司拿到嘴边，仿佛在男人面前吃东西也是一件可耻的事情。我欣赏着那副腼腆的神情，也跟着吃了一片吐司。嗯，真是个好货色。

"……那个……"她突然放下刀叉，吞吞吐吐地说道，"我不是那种女人……是真的，平常我不会跟第一次见面的陌生人……"

我大概猜得到她想说什么。她想告诉我，她不是个会随便跟男人上床的荡妇。但这一点根本不需她特地辩解。正因为她是个守身如玉的好女孩，我才会挑上她。我对那些随随便便就被男人钓上的女人没兴趣，我喜欢的是端庄、婉约的京都姑娘。要攻破这种女孩的心理防线并不容易，正因如此才更显现其价值。墙越高，成功翻越时也越令人兴奋。

"因为……"她继续为自己辩护，"跟你聊天真的很开心，简直不像是初次见面……简直像是从很久以前就认识了……所以我才……没想到我是个这么心急的人，我自己也吓了一跳……"

"我们兴趣相投，喜欢看的书都一样。"

"没错，没错！连对电影的感想也一模一样！"她兴奋地抬起了头，"我从很久以前就想找一个能像这样谈心的对象，我真的觉得你是跟我最契合的人……"

她说到这里，顿时满脸通红。我心想，就这点我跟她的看法是一致的：我跟她确实很契合，不过我指的是在床上。

"或许我们的相遇，是命运的安排。"

她突然冒出这句宛如电影台词般的话，虽然面带羞涩，却颇为认真。虽然她早已过了会对这种事信以为真的年纪，但每个人内心深处或多或少都怀揣着期待浪漫到来的心情。

我很想继续陪她享受这场命运之恋，可惜工作上的来信已堆积如山，差不多得上班去了。

"谢谢招待。"我起身披上外套。

她愣愣地坐在椅子上，看我准备离去，那表情简直像是鸟巢里遭父母抛弃的雏鸟。

"请问……我能再跟你联络吗？"

她看着我留下的联络方式说道。我笑着点点头，穿上鞋子，走出了公寓。

就在关上门的瞬间,我低声说一句"抱歉"。

我留给她的那些联络方式,无法联络上任何人。不管是电子邮箱还是电话号码,甚至连我的名字都是假的。不与一夜情的对象进一步交往,对双方都好。

因为她一旦得知"命运的安排"的真相,恐怕会大受打击。

2

离开公寓后,我迈步走向御荫路的公交车站。

昨晚为了邀请那女人一起喝酒,我把车停在工作单位了。从这里到工作地点并不算远,就算走路也走得到。但我已经迟到了两个小时,为了展现出诚意,我决定搭乘拥挤的公交车过去。此时已是十点多,正是不算早上也不算中午的尴尬时间。

公交车终于来了。果不其然,车上挤满了乘客。我心不甘情不愿地走了进去。

车子穿梭在京都的大街小巷之间。回想起来,上次搭乘市营公交车已是好几个月前的事了。

不管是不是早晚高峰,京都的公交车上总是挤满了人。理由之一,就在于京都的电车实在不太方便。虽然京都的铁路网四通八达,到处都有车站,但交通动线规划得极差,不论想去什么地方都得绕远路,而且至少得换一次车。相较之下,搭乘不绕路的公交车往往能比电车更省时间。

至于另外一个理由，只要看了现在车内的状况就能恍然大悟。

"我是第一次参观三十三间堂呢。"

车内一群身穿制服的少女们兴奋地交谈着。

公交车总是拥挤的另一个理由，就是这些修学旅行[1]中的学生们。

在京都这座都市里，一年到头都可看见大批来自全国各地的初中生及高中生。这群孩子多半会购买一日乘车券，在市区内来回移动，几乎填满了每一辆公交车上的所有空隙。虽然他们只会在京都待三天两夜，但人数却永远没有减少的迹象。当然，这是新旧交替下的平衡，但在我们这些京都居民的眼里，学生就是学生，哪有什么新旧之分。酒店旅馆的房间不断有学生入住，政府在统计京都人口数量时，实在应该把这些人也算进去。

"我也是第一次。"

四名女学生中的一人兴奋地回应。在这辆挤满了少女的公交车里，她们双手用力抓紧吊环，在这种别扭的姿势下还能聊得这么开心，真让我由衷钦佩。

"原来它的正式名称是连华王院？"

"三十三间堂只是本堂部分的名称……啊，这么古老的建筑竟然有防震装置，真是了不起。"

1　修学旅行：指由学校举办的旅行，日本的学校从小学到高中都有类似的惯例。举办日期根据学校有所不同，但大致集中在九十月份。——译者注

"里头的一千尊千手观音立像被指定为国家的重要文化财产，其中的一百二十四尊是平安时代的作品，其他则制作于镰仓时代……竟然能保留到今天，真不可思议。"

少女们谈论着接下来要去的景点。陆续有乘客上车，她们只能使尽力气抓住车内的钢管。

"除了千手观音之外，还有二十八部众像。大辩功德天、满善车王、那罗延坚固王、毘楼勒叉天王……"

"哈哈，好难念。毘婆伽罗王、沙羯罗龙王、五部净居天……"

"好像绕口令……快咬到舌头了。摩酰首罗王、干闼婆王、婆薮仙人……"

那群初中女生一边讪笑，一边将佛像的名称一一念出。剩下的十八部分别为密迹金刚力士、东方天、毘楼博叉天王、毘沙门天、大梵天王、帝释天、摩和罗王、神丧天、金毘罗王、金色孔雀王、散脂大将、难陀龙王、迦楼罗王、金大王、满仙王、摩侯伽罗王、阿修罗王、紧那罗王……果然很像绕口令。

"对了……你们知道吗？"其中没有参加绕口令游戏的一名少女说道。那名少女看起来比其他人更成熟稳重些，语气也神秘兮兮的。

"'尼模'的华莲前天到三十三间堂摄影呢……"那少女接着说道。

"什么？""真的假的？"

车内响起了一阵阵尖叫声。所谓的"尼模"，指的似乎是少女杂志《Ni》的专属模特。同样的道理，《Vi》的专属模特叫"维模"，

《TRADITION》的专属模特叫"拖拉模"。类似的昵称还有将近一百个，对身为男人的我来说实在是完全陌生的世界。

"是真的吗？""哪里放出的消息？"少女身旁的三人一听到著名模特的行程信息，全都像疯了一样，你一言我一语地追问详情。少女得意扬扬地说出了消息来源。即使是像我这样素不相识的人，也看得出她相当自豪。这类小小的优越感，在少男少女的世界里可是具有无上的价值。

公交车在三十三间堂附近的车站停下。少女们兴高采烈地走下公交车，嘴里嚷嚷着"不知道今天会不会也来摄影"。提供了这条信息的少女，似乎也不知道模特今天的行程。

我心想，如果她们今天下午会去二条城，而且运气够好的话，或许能遇上正在摄影中的"尼模"。

3

我在堀川路下了公交车。走在整治得清澈干净的小河旁，感觉神清气爽。接着我转进了通往办公大楼的小巷。

放眼望去，两侧皆是古色古香的民宅。这里虽然只是一条平凡无奇的巷子，但是在京都，凡是像这样的巷子都有个名字。倘若这是一条只有短短二十米的死巷，或许没有命名的必要，但京都的街道是著名的棋盘式规划，即使是再狭窄的暗巷往往也会延伸到极远的地方。

现在我所走的这条"出水路"狭窄得只能容一辆车子通过，长度却足足有一千米。这类巷子的尽头，大多是寺庙或神社。

就在我走到出水路与油小路的交叉口时，忽见一名老妇人朝我望来。

"抱歉，我想问一下路……"一位举止优雅的老妇人向我搭话。她的手里拿着一张地图。

"您要去哪里？"

"我想去儿子和儿媳妇的家，应该就是在这附近……"

老妇人指着地图说道。她说话不带京都腔，应该是外地人。京都的巷道相当复杂，外地人往往会被搞得晕头转向。以她这样的年纪，要以徒步的方式找路实在是相当辛苦。为了指引正确的方向，我仔细凝视老妇人的脸。

"大脑辅助演算装置"运转率提升。

"启示装置"借由视神经获取老妇人的相貌特征，开始进行搜寻。"个人终端通信装置"连接都市每个角落的网络，获取必要信息。利用解除了限制的"等级五"权限撷取受到基础系统保护的"等级二"个人资料，成为我所"知道"的信息。

姓名：大泽小夜子。

住在本地的亲属：次男大泽怀。

地址：京都府京都市上京区油小路通上长者町下龟屋町133—1

我指着岔路的一头说道：

"您儿子的家就在这条巷子的左手边……"

接着我又指向转角的另一头，说道：

"但他正从这个方向走来，似乎是在找您。"

就在我所指的方向的第二个拐角处，走出一名中年男人，正是大泽怀。他看见我们两个人，便快步走了过来。大泽小夜子一见到儿子，顿时松了口气，脸上堆满笑容。

"真是谢谢你，最近的年轻人真好，什么都知道。"大泽女士优雅地鞠躬道谢。

4

近二十年来，"知道"这个字眼正在逐渐发生变化。十五岁的初中生使用的是新的定义，而四十五岁以上的人则使用旧的定义。我今年二十八岁，刚好处于最尴尬的过渡时代，只能一边观察着这个过渡时期的变化，一边依照交谈对象的年纪而改变这个字的定义。

自二〇〇〇年之后，人类日常接触的信息量便有了大幅度的增长。

网络世界的诞生，促使庞大的信息快速流通。信息相关产业与政府合力打造的网络基础建设遍及世界每个角落，盘根错节的线路内部有着大量的信息，宛如血液一般流动着。从生活中的家常闲话到国家级的重大机密，各式各样的信息在网络上以光速来回穿梭。这样的世界对现在的我们而言，也已成了过去式。

二〇四〇年，"信息素材"的开发及普及再次带来重大革命。

所谓的信息素材，是所有包含微小信息元件的素材及建材的总称，这可说是飞米[1]技术的智慧结晶。拥有通信及搜集机能的微小信息元件，被添加或涂抹在水泥、塑胶、生物素材等各式各样的物质上。

每一颗微小信息元件都拥有监控周围状况的能力，其原理不止一种，但以发射超微电磁波为主。除此之外，微小信息元件更是通信系统的最小单位。微小信息元件之间能够互相联结，因此一切使用信息素材制成的物体都是通信基础建设的环节之一，能够将自身取得的信息传送至世界各地。如今每座都市的所有建筑物、道路、内外装潢及人工制造物几乎都是以信息素材制成，让全世界的信息量暴增到只能以无穷无尽来形容。

这就是所谓的超信息化社会。

人类建构出了如此方便的世界，当然想要善加利用，但历经各种努力之后的下场却惨不忍睹。随着都市的发展建设，大量增加的微小信息元件带给了人类来自全世界的各种信息，其数量之庞大，远远超越了人类想象的极限。人为及非人为的信息以等比级数的速度增长，但人类的大脑在这几千年来几乎没有重大进化，想要驾驭这庞大的信息可谓是天方夜谭。

1　飞米：极小的长度单位词。1飞米（fm）0.000001纳米（nm）。——译者注

即使如此，以前人类还是利用携带型通信仪器或家里的计算机等辅助工具，想要对抗那有如海啸般席卷而来的庞大信息。但后来人类察觉了一件事，那就是要使用这些辅助工具，到头来还是得依靠自己的大脑。毕竟人脑的能力有限，而且一旦濒临极限状态，人脑会变得非常脆弱。越是信息基础建设完善的先进国家的人民，越容易罹患信息强迫症及信息性忧郁症。信息障碍相关疾病更是长年占据自杀原因的前几名。到了二〇五一年，政府甚至差点通过限制国内信息总流通量的画地自限性法案。换句话说，人类因无法突破这个瓶颈而自愿选择退化。

就在三十年前，可悲的人类终于看见了希望。

二〇五三年，就在这座城市，也就是日本的京都，出现了第一个移植"电子叶"的人类。

"电子叶"是一种人造的脑叶，包含三个部分，分别为透过网络取得信息的"个人终端通信装置"、自脑外对庞大信息进行处理的"大脑辅助演算装置"，以及对大脑进行非接触性干涉的"启示装置"。

拥有这三项机能的电子叶，能让人类免于在信息之海中惨遭灭顶。信息的取得及处理都变得极有效率。若将过于发达的信息化比喻为一种有害健康的传染病，电子叶就是一种在社会上快速普及的治病疫苗。日本先将电子叶的移植纳入健康保险的给付范围，接着又列为国民的基本保障。终于在十五年前，电子叶的移植成为义务。凡是六岁以上的国民，都有义务接受电子叶移植。这样的政策变化可谓是理所当然，毕竟没有电子叶，人类根本无法在现代社会中存活。

于我而言，我在五岁时就移植了电子叶，当时这项手术还没有成为义务。

由于当时年纪太小，我几乎没有任何印象。换句话说，我根本无法想象在植入电子叶之前，我过的是什么样的生活。如今我们不管是看到或听到什么，都能透过"信号刺激"直接在网络上进行搜寻。取得的信息会先按照重要程度及必要性通过筛选程序，再由"启示装置"回报结果。

以前人们将在网络上寻找信息的行为称作"搜寻"。

但随着电子叶的普及，这句话的意义变得越来越模糊。例如有人询问"熊猫的学名是什么"，打从一开始就知道答案的人当然能回答，但即使不知道的人，只要用电子叶进行搜寻，也能回答出相同的答案，而且时间上并没有太大的差距。在旧时代，世界上还有许多偏僻地区无法连上网络，但如今这些通信不良的地区几乎都已获得改善。自从信息素材与电子叶问世之后，"原本就知道"与"搜寻后知道"已逐渐等于同一件事。

年纪超过四十岁的人，大多是在过了二十岁以后才移植电子叶。这些人在回答问题前，往往会先说一句"我刚刚搜寻的结果是——"。但是像刚刚那些修学旅行中的学生，由于从小就习惯使用电子叶，上网搜寻到的信息跟"原本就知道"的信息在语言表达上已没有区别。唯有在网络上搜寻不到信息时，这些孩子们才会说出"我不知道"这句话。大人总是认为孩子们口气狂妄，孩子们总是抱怨大人的说话方式太拐弯抹角，而我夹在中间，往往只能摇头苦笑。

因为，跟身为"内阁府信息厅信息官房配属信息审议官"的我比起来，这些人都只能用"无知"来形容。

5

我走进了有着厚重强化玻璃的自动门。

一踏进信息厅的大楼，耳畔便响起了通知我收到了新邮件的清澈的电子铃声。事实上这铃声并非真的来自鼓膜的震动，而是启示装置的非接触性触须诱使内耳神经的电位发生变化，制造出了仿佛听见声音的幻觉。启示装置是电子叶上的扩大现实装置，上头的非接触性触须既能够检测脑中的神经丛，也能够加以干涉。人类的视觉、听觉、触觉等五感皆来自神经细胞的电位变化，因此只要检测电位变化，就可以分析出其正在看、正在听的影像或声音。相反地，只要对电位变化进行操控，就可以让人看见或听见实际上并不存在的影像或声音。当这些声音骤然在头顶上响起时，就仿佛是天启一般，因此这个装置被命名为"启示装置"。虽然名称带有浓厚的宗教色彩，却是电子叶的主要机制之一。

"启示听觉"传来了收到新邮件的提示音。虽然音色曼妙柔美，但现实中代表的意义却是令人头皮发麻的两千九百封新邮件。并非邮件系统故障了，这两千多封信确实都来自我所认识的人，而且我猜得出其中大概有两千封的内容都是"快进办公室"。在我任职的部门里，有个人专门爱干这种事。

我以拇指及食指轻触，把同一个人寄来的所有信都删除了。

接着我一边走在通往办公室的走廊上，一边审视剩下的邮件。电子叶能够借由对视神经的干涉，在眼前建立一片与现实景象重叠的"启示视界"。一块块半透明视窗在我的眼前弹出，我迅速浏览上面的信件，以事先设定好的视线及手指动作指令对信件内容进行裁决及删除。当然若是必须回复的信件，还是得依靠语音或键盘输入，但若是只需回答 YES 或 NO 的信件，则单靠肢体指令就可以处理完毕。在走路的过程中，我又解决掉了七百封新邮件。

电子叶发出的个人辨识码解除了门锁，通往办公室的大门自动开启。

宽广的办公室内，整齐排列着一张张淡灰色塑胶材质的办公桌。数十名职员埋首于工作中，显得相当忙碌。在这个高度信息化的社会里，信息厅可以说是全日本政府各省厅中最繁忙的单位。我一边这么想，又认为十一点才进公司的人或许没资格这么想。

我沿路与同事打了招呼，走向办公室的最深处。那里有块以玻璃墙隔出的区域，就是信息审议官的专用办公空间。环绕四边的玻璃墙可自由切换为透明或不透明，由于我这个人只要一感受到他人视线就无法工作，因此踏进办公室的第一件事就是将玻璃墙切换到不透明模式。专用办公空间门锁解除，玻璃门自动开启。就在这时，启示视界上的最后一封信也已处理完毕。真是太完美了。既然堆积如山的工作都完成了，到中午之前又可以轻松一下了。

就在我这么想的瞬间，背后正要关上的自动门骤然停止动作，而且发出了刺耳的声响。转头一瞧，门缝之间夹着一条包覆在黑色丝袜中的长腿。不，正确来说那并不是被门缝夹住，而是脚的主人把门踹停了。

"御野审议官……"身穿黑色窄裙套装的部下把脚放下后对着我发话。

"有什么事吗？三缟副审议官。"

"又去玩女人了？"

"你又擅自侵入我的私人层页了？以你的能力，或许要做到这种事并不难，但这可是违反信息法的行为。根据《信息基准法》第四条第三项，可处一年以下有期徒刑或一百万元以下罚金。"

"看看自己身上吧。"三缟副审议官瞪着我的领带说道。

这女人竟然把我每天打的领带记得一清二楚。我点点头，"嗯"了一声，走到办公桌旁坐下，说道：

"好吧，你有什么事？"

"还能有什么事？来请你工作。"

"我不是已经做了吗？那一大堆信件，我都处理完了。"

"一股脑全转寄给我，算什么处理？"

　　什么一股脑……这女人说话可真难听。我转寄给她的工作，都是她有权裁决或有能力处理的案子。当然我自己亲自处理会比较快，但专业分工的基本原则是能力需求低的工作交给能力低的大多数人去做，能力高的少数人只要负责处理其他人做不来的事就行了。在这信息官房的办公室里，她的工作能力仅次于我，因此我手边绝大部分的工作都可以转由她来处理。

　　三缟歌副审议官，芳龄二十五，却肩负着国家中枢的重要职责，可谓是相当优秀的人才。

　　"那是因为我对你有着期许。"我这么告诉她，她踹了桌子一脚来回应我。

　　"御野审议官，我要说的话，相信你都猜得到，请原谅我不厌其烦地再三提醒你……"

　　"提醒是件好事。电子叶的实用化虽然带给我们卓越的处理能力，但其强化重点只在辅助大脑的处理机能，对记忆容量的增加并无明显的助益。针对重要事项重复提醒，有助于在大脑的记忆区内建立回路，这个做法的有效性从以前到现在都不曾改变……请说吧。"

　　"你能在办公室里拥有专属办公空间，能够十一点才进办公室，能够穿着跟昨天相同的衣服而不受指责，这些特权全是来自你拥有省内最优秀、最天才的信息处理能力。说得更简单点，那是因为你的工作能力受到了肯定。但一个不工作的审议官，没资格享受这些特权。"

　　如此理所当然的常识，她不知已提醒过我多少遍了。倘若我工作能力不佳，恐怕不到十天就得被炒鱿鱼。在这个高度信息化的社会里，人事变动也是相当频繁。

"何况你把这么多工作丢给我，自己一定很闲，整天躲在见不得光的办公室里，到底是在做什么？"三缟副审议官一边说话，视线一边在空中游移。显然她正在阅读投影在启示视界上的信息。

"那还用问吗？"我回想着平日最常做的事情，说道："当然是看信息元件的基础原始码直到下班……"

三缟副审议官的冰冷视线朝我射来。就容貌而言，她确实长得颇有姿色。

"三缟副审议官，我老实跟你说好了……"我故意装出苦恼的表情说，"我一直觉得自己不适合当公务员。"

"不适合？"

三缟副审议官一脸诧异地眨了眨眼睛。就在这一瞬间，我的启示视界弹出了一面视窗。那不是启示视界的私人层页，而是开放给不特定人士使用的公开层页。她借由眨眼睛的动作拉出的那面视窗上，罗列着我的工作履历。

"姓名：御野连"

二○七四年六月　国家公务员综合考试合格

二○七四年九月　分配至内阁府信息厅信息官房

二○七六年九月　升任信息官房信息总务课组长（授阶）

二〇七七年四月　升任信息官房信息总务课课长（特例晋升）

二〇八〇年九月　升任信息官房信息总务课指定审议官（特例晋升）（授阶）

半透明履历书视窗的另一头，三缟副审议官将脑袋斜向一边，一脸难以置信的表情。

"你说你不适合这个工作？"

我点了点头。她又朝我的桌子狠狠地踹了一脚。接着她转身离去，一副"没时间陪你扯淡"的态度。

就在她踏出私人办公空间的那一瞬间，刚刚我转寄给她的那些邮件又被她退了回来，我的启示视界顿时被视窗淹没。不过数量已比刚刚少了许多，这正是她的作风。任何高性能的信息处理仪器，都无法取代一名优秀的部下。

我以手指动作对玻璃墙下达指示。围绕着办公空间的透明玻璃逐渐转变为白色，遮蔽了视线。直到外界景象完全消失，三缟副审议官依然站在外头恶狠狠地瞪着我。只要将玻璃切换为不透明模式，不仅是视觉信息，就连电子邮件及电话也只有特定人士才能传送得进来。但她若有事找我，往往是直接踹我的玻璃门，因此这样的限制并没有太大意义。

我叹了口气，将重新回到手边的工作一一点开。

国交省及文科省指示我参加一场与市内古迹信息素材化反对团体

的协商会。经产省指示我参加一场关于等级歧视的道德议题检讨会。环境省指示我参加一场关于都市郊区林地信息素材化的座谈会。此外还有个什么都不懂的警察厅老官员来信问了些牛头不对马嘴的古怪问题。

我带着满肚子的牢骚一一回完了信。那些座谈会、检讨会一律以"当天无法出席"回应，但我额外附上了简单的建议书。会议上值得讨论的议题，基本上全写在建议书里了。即使我没出席，会议多半还是会照常举行。名义上是讨论事情的会议，骨子里其实是毫无意义的宴会。

为了多少给三缟副审议官一些交代，我敷衍了事地处理完了几项工作。接着我一比手势，启示视界豁然开朗，眼前出现了现实世界的办公空间。

想来想去，我实在觉得自己不适合这个工作。

当然我的意思并不是我无法胜任。要做好这份工作并不难，事实上这也是我一直在做的事。从她刚刚帮我拉出来的那份履历就可看出，我升迁的速度相当快，未来多半还能继续往上爬。但是做得到跟喜欢做或适合做完全是不同层次的概念。这就好比是拿高性能 CPU（中央处理器）来执行 FPU（浮点运算器）或 GPU（图形处理器）的工作，虽然只要硬干就能完成，但实在没有太大意义。

我的个性并不适合踩在他人的头顶上。我不是当领导的料。相较之下，我认为自己更适合待在基层整天与计算机程序为伍。我喜欢处理程序原始码，更胜于处理人际关系。只不过在这个信息化社会里，人与程序原始码的差距已越来越小。

我在启示视界上开启新的视窗，并将上班前买的水搁在桌上。

虽然这里是办公室，但接下来是我的个人兴趣时间。不，称之为兴趣似乎并不恰当。比起刚刚那些毫无意义的回信动作，我现在要做的事情不论是对自己还是对社会都更有意义。

罗列在视窗上的字符串，是信息素材的基础原始码。

这些原始码定义出了信息元件所运作的网络架构，可说是如今遍及世界每个角落的网络系统中的最重要基础。换句话说，这些字符串掌控了全世界的信息脉动。与物质社会形成相对观念的信息社会，正是建立在这些字符串上。这是全世界最美的原始码。

不仅如此，它更是让我的人生彻底改变的原始码。

回想起来，刚刚三缟似乎给了我很高的评价。我看着眼前的原始码，脸上不禁露出自嘲的微笑。

所谓的天才，指的是写出这些原始码的那个人。

6

"每个人都应该增广见闻。"

我反刍着老师说过的这句话。

"我应该以什么样的程度为目标？"

当时我这么问。

"没有极限，越多越好。"

道终常一老师这么回答。

老师说的每一句话，组成了我的基础原始码。

若要回顾我的人生，势必得从那年夏天的那一场专题研讨会说起。那之前的我，只是众多找不到未来方向的孩童之一，就好像是一粒不知道将来会变成什么器官的干细胞。但自从那件事发生之后，我开始有了明确的目标。而且在接下来的人生里，那目标一直是我努力的方向。甚至可以说，我的人生是从那个时候才开始。

当时是京都最炎热的八月。我在初中二年级的暑假参加了一场由京都大学与信息处理学会合办的学生计算机程序专题研讨会。

当初我报名这场研讨会，完全是因缘际会的结果。那时我出于个人兴趣，在计算机程序领域有所涉猎。我偶然在学校走廊看见了这场专题研讨会的宣传海报，一时心血来潮便报了名。或许我心里还抱着几分"想要看看大学校园长什么样子"的幼稚心态吧。后来我才知道，这是一场世界知名的专题研讨会，每年都有数百人报名，书面审查的合格率非常低。

会议的正式名称为"京都大学演算程序设计专题研讨会"，简称京大 APW（Algorithm Programming Workshop）。

据说这场专题研讨会已有三十年以上的历史，实际上是一场以初中生及高中生为对象的程序设计大赛。主办单位会在第一天公布该年度的题目，并交由参赛者自行发挥。参赛者需在京都大学内住上七天六夜，依照题目要求编写出程序。评委会在最后两天公布、评比及讨论各位参赛者的作品。

后来当我得知研讨会的实际运作方式时，我感到异常兴奋。虽然说穿了那不过是一场让孩子们互相竞争的游戏，但我当时正是个孩子，而且还喜欢与他人竞争。能够与年纪相仿的孩子在编程技术上一较高下，令我雀跃不已。何况对手都是来自国内外的优秀学生，就好像少年漫画的主角参加国际级的大赛一样，更是让我开心得不得了。

那一年的题目如下：

Q. 请设计出由JR京都车站中央出口到京都大学吉田校区本部内工学部三号馆信息学研究科知识信息学研究室的演算程序。

题目中提到的知识信息学研究室，就是主办这场研讨会的研究室。说白了，就是要参赛者们设计一个从车站到大学研究室的程序。

问题本身非常单纯，但绝大部分参赛者都明白要正确解答这个问题绝非易事。"从车站到大学"这个限定条件有很多种不同的理解方式。参赛者们必须自行诠释，并为其找出解决方案。

所谓的演算程序，简单来说就是"为问题找出答案的程序"。

只要有问题，就会有答案。是否能以最有效率、最正确的路径找到答案，就是判断程序优劣的标准。因此问题本身的定义越模糊，演算程序就会越复杂。要回答"一加一等于几"很简单，要回答"宇宙为何物"却是难上加难。当然若要深入探讨一加一的意义，恐怕同样永远都得不到最适合的答案。正因那一年的题目自由度极高，作为世界顶尖专题研讨会的比赛题目可以说是当之无愧。

研讨会的第一天，我来到了给参赛者准备的宿舍。事实上我并不需要住在宿舍里，因为我家就在京都。但我很想跟年纪相仿且兴趣相投的孩子们聊一聊，而且我也很好奇大家打算写什么样的程序，所以第一天我打算先跟大家一起行动。

大学为我们安排的宿舍位于北白川区，是一座小型的社区建筑。我走进餐厅，里面有大约五十名的参赛者正你一言我一语地交谈着。其中约有一半是日本人，另一半则来自欧美、南美、印度、中东及亚洲各国。聚集在这里的孩子们来自世界各国及地区，显然他们对编程有着足够的自信。

当然，所有人都移植了电子叶。

日本政府刚好就在那一年通过了电子叶移植义务化法案。然而当时在场的所有孩子，都出生在拥有先进思想的家庭。那些主动追求新技术的父母们，早在义务化前就为孩子移植了电子叶。

电子叶这种东西，并非一装上就可以立即发挥百分之百的效果。即使是过了适应新用脑感觉的过渡期，每个人在使用新脑叶的熟练程度上也有着天壤之别。必须经过长时间的"锻炼"才能提高信息搜寻的精确度、掌握启示视界的运用技巧。换句话说，光是在使用电子叶这一点上，便已有高下之分。

而这些参赛者们基本上都是使用电子叶的"高手"。他们是一群早在义务化之前便已拥有电子叶的孩子，因此从小就习惯于新形态的用脑感觉。光从他们不远万里来到日本参加程序设计专题研讨会这一点，便不难想象这些人都是信息处理领域上的世界级明日之星。

这样一群孩子，会以什么样的思路方向为这次的题目寻找答案呢？我以参赛者的身份，抱着兴奋的心情加入了他们的谈话。启示视界不断跳出各式各样的信息。每个孩子在讨论的同时，都会把自己的想法或原始码公布在公共层页上。

但就结果而言，那些孩子们的表现并没达到我的期望。

例如有个孩子的构想是这样的。他想设计出一套比网络上的向导系统更有效率的程序。在这个系统里，移动方式可区分为搭电车、搭公交车或徒步，而且搜寻范围涵盖设施用地及建筑物内部。像这样的构想，确实为"从车站到研究室"下了一个浅显易懂的解释。如果这个程序设计得足够精良，或许还可以从中找到商机。

另一名孩子的构想则是这样。他先假设有一台"装了摄像头的机器人"，并依此设计出利用"视觉"从京都车站走到研究室的演算程序。简单来说，就是对摄像头所捕捉到的建筑物及道路影像进行分析及辨识，使机器人可以像真人一样一边欣赏沿途景色一边前进。由于这只是程序设计的比赛，没有办法实际做出一台机器人，但只要事先拍下沿途景色，要写出一套模拟真实情况的程序想必不成问题。当然参赛者需要花费很长的时间拿着相机在街上到处拍照，但一个星期的时间应该足够了吧。这确实也是另一种"从车站到研究室"的演算程序。

其他还有不少相当有意思的构想。面对主办单位设定的难题，每个孩子都从不同的角度发挥了其创意。这场演算程序的设计比赛应该会成为一场高手之间的较量。

但我听着那些年纪与我差不多的精英孩童高谈阔论，内心却感到越来越无趣。

如今回想起来，当年的我实在是太自负了。我心里隐隐抱着自己比在场的所有孩子都更加优秀的想法。正因为有这样的念头，让我不禁觉得他们的点子实在太过平庸。事实上他们的手法并没有丝毫瑕疵，我只是因过度自我膨胀而无法融入他们的交谈。跟他们比起来，我实在是太幼稚了。

不过，当时的我确实有个其他孩子们比不上的优势。

那就是电子叶的"使用技巧"。我相信在场没有人能比得上我。

我一边听着他们的构想，一边下意识地在网络上搜寻。在宛如汪洋大海一般的网络世界里，散布着许多公开的演算程序。经过快速浏览，我找到了一些程序，与眼前这些少年们所构想的内容大同小异。就在这时，我心里得到了一个结论，"他们这些构想与网络上能获得的信息在本质上毫无不同"。

自从有了这样的想法之后，我不禁大为扫兴，并且打心底认定他们的手法都不可能找出正确答案。明明是个没有正确答案的题目，我却深信他们已偏离了通往正确答案的道路。无法求出正确答案的演算程序，只能算是失败之作。我开始认为眼前这些孩子的构想全是毫无价值的垃圾。

我随便提出了一个"沿着地图前进"的简单构想，接着悄悄起身离开。虽然我已做好了在宿舍里住下来的准备，但我临时改变了计划。继续在这里待下去，对找出正确答案没有任何帮助。

离开宿舍后，我边走边陷入了沉思。

双脚毫无理由地朝着宿舍旁的京都大学前进。

我是专题研讨会的参赛者，因此可以自由出入大学。事实上大学门口几乎没有任何管制措施，就算是一般民众也可以轻易进入。但当时我还是初中生，比起有没有电子仪器的管制，我更在乎的是自己的立场站不站得住脚。

我还清晰记得当时震耳欲聋的蝉鸣声。

由于正值暑假期间，大学里没什么人。有一些学生正在进行社团活动，还有一些正在制作电子叶义务化抗议立牌，剩下的大多数学生则身穿白袍。

每当与那些学生擦身而过，我的启示视界就会弹出那些人对外公开的个人信息。

身穿白袍的学生全都隶属于某某研究室。即使是在暑假期间他们也是全心投入于研究之中，这让我不得不佩服。其中有个学生甚至还推着婴儿车。虽然我当时还是个孩子，却也不禁为那个学生担心是否能够同时兼顾学业及养育孩子。擦肩而过的时候，我的视线刚好与婴儿车内的婴儿对上了。或许在大人看来，那个婴儿相当可爱，但是在当时还是孩子的我眼里，那婴儿只象征着对学业的阻碍。

就在此时，我的眼前出现了推着婴儿车的学生的个人标注资料。

其中一行写着学生所属研究室的名称。

我心中闪过了一个念头。

这个小小的念头引着我走向旁边的校园地图。地图的视觉影像形成信号刺激，诱使电子叶开始进行搜寻。得到的信息依优先级进行排列后，我的启示视界上出现了一排导航指标。

我一边沿着导航指标前进，一边思考着研讨会的题目。

从车站到研究室的演算程序

从车站到研究室的答案

当我回过神来，我已站在研究室前。

京都大学工学部信息学研究科知识信息学研究室。

我没有细想，便伸手敲了敲门。

"请进。"里面传来声音。于是我开门走了进去。室内相当整齐，排列着一张张学生用的桌子，数座铁制棚架将空间分隔成了数个区域。我感觉到棚架的后头似乎有人，于是往前走去，果然看见研究室最深处的桌边坐着一名身穿白袍的男人。

男人转头朝我望来。那是个身材瘦削的中年男人，大约五六十岁。下巴蓄着胡须，双颊凹陷，神色有些憔悴，戴了一副略带颜色的眼镜。

"请问有什么事吗？"男人用藏在眼镜后的双眸凝视着我。

"呃……我是……"明明是我自己走了进来，此时我却慌了手脚，"我是演算程序专题研讨会的参赛者……"

"噢……"男人推了推眼镜，顿了一下后问道，"你来这里做什么？"

我不禁问了自己同样的问题。我来这里做什么？其实当时我心中已有一些想法，只是这些想法还相当模糊，一时难以说清楚。

"我在思考研讨会的题目……从车站到研究室的演算程序。"

"嗯。"

"我想知道理由。"

"理由？"

"演算程序必须进入这间研究室的理由。"我试着说明心中的想法，"既然想从车站移动到这间研究室，应该有个理由或目的才对。但我对这间研究室完全不了解，我想先从查清楚这点下手……所以我就来了。"

男人转动椅子，正眼面对着我，点了点头。

"只要拥有必须来到这个地点的明确目的，不论使用任何手段，最后都会到达这里……你的思考方向相当正确。"

男人一边说，一边拉来旁边的椅子，要我坐下。

这就是我与老师的初识。

京都大学知识信息学研究室教授，道终常一老师。二十多岁便建立起信息元件与信息素材的基础理论，四十多岁时成功让电子叶进入实用化阶段，彻底改变了这个世界。

自那天起，老师为我上了短短一星期的课。

"大约半个世纪前，流通于全世界的信息量比现在少得多。"

老师指着桌上的终端机荧幕说道。这里是研究最新技术的研究室，机器却看起来颇为老旧。

早在那个时代，"看荧幕"这个行为便因为电子叶的急速普及而在生活中大幅减少。只要使用公共层页，就可以将相同的信息同时显示在交谈双方的启示视界上。就连街道上的信号及广告，也已逐渐被启示视窗取代。

但老师并没有在脑中植入电子叶。

"这是你发明的东西，你自己却不用？"我曾提出这样的疑问，得到的回答是"现在才移植已经太迟了"。我心中对这样的说法持几分狐疑，但没有继续追问。总而言之，老师在为我上课的过程中，总是使用那台老旧的荧幕，播放出一些看起来年代久远的影像档。

例如老师曾让我看五十年前的街景。五十年前的京都街道跟现在完全不同，但偶尔进入画面中的寺庙或神社外观却又一模一样。对这些拥有千年历史的古迹而言，或许五十年不过是一眨眼的工夫而已。

"影像里这些人手上拿着的东西叫'手机'，这原本是'手持式电话机'的简称，但后来增加了许多打电话以外的功能，因此'手机'反而成了最普遍的称呼。"

"只要是拿在手上的机器，不都是'手机'吗？怎么不会跟其他'手机'搞混？"

"可以透过上下文来判断意思。这就是高速语言化的现象。"

我从没听过"高速语言"这个字眼，于是反射性地利用电子叶进行搜寻。原来指的是借由提升上下文的联系来减少词汇量的语言运用方式。这同时也是一种通信资料压缩技术，优点是会减少传讯量，但缺点是需要接收方使用更复杂的系统。我迅速读完了显示在启示视界上的概略说明，得意扬扬地点了点头。老师见了我的高傲神情，反而露出了心满意足的微笑。

"半个世纪前的人都是利用'手机'这种工具来接收及传送信息。但跟现在的电子叶比起来，'手机'的功能相当有限，都市的网络基础建设也不十分完善。举例来说，只要使用'手机'的卫星定位系统，就可以知道一个人的所在位置，但是……"老师站了起来，以各种手势辅助说明，"无法查出这个拿着'手机'的人所面对的方向，以及身体的姿势。"

"咦？"我愣了一下，问道，"无法得知身体的状态？"

"卫星定位只能确认'手机'的方向，无法确认手机持有人的身体方向。"

"那使用导航机能的时候，要怎么知道该往哪个方向走？"

"就像这样转动机器……"老师翻转手腕，假装手上拿了一支手机，"以最原始的方式统一机器与身体的方向。"

"真是麻烦……"

"当时还没有信息素材这种东西。"

我虽然早已具备相关历史知识，但听到老师实际描述当时的情况后，还是颇为吃惊。

例如在使用道路导航机能的时候，由于都市里的街道及建筑物都是以信息素材制成，我的所在位置、前进方向及速度随时受到监控，因此导航机能会利用这些信息规划出最合适的路径，回报至我的电子叶。我实在无法想象自己必须拿着一台机器走路，而且必须随时维持相同的方向，那是多么麻烦的一件事。我甚至怀疑只能依靠卫星提供定点信息的导航机能，是否真的能发挥导航的效果。

"如今到处都有信息素材进行监控，但以前有很多人讨厌这种随时随地被监控的感觉。"

"为什么？"

"因为他们担心个人资料外泄。"

"但这不是监控的问题，而是资料管理上的问题，不是吗？"

"话是这么说没错，但就是有人无法忍受自己的信息被记录下来。过去还曾有民众拒绝接受编号。"

　　老师在荧幕上放出了一段历史记录。某个地方政府想要为每个民众设定一组号码以方便管理，结果引发了抗争运动。我实在无法体会那些人究竟是抱着什么样的心情走上街头。

　　"然而一旦进入信息化时代，就再也无法回头了。进步是一种无可避免的趋势。"年过半百的老师，以缅怀年轻岁月的口吻说道，"生活在高度信息化的社会里，人类必须处理的信息数量、精度及速度都大幅增长，即使到了今天也是一样。今后我们接触的信息量会比现在更多，除了不断增广见闻之外，没有第二条路可以走。"

　　老师脸上洋溢着幸福感，接着却说出了一句与表情背道而驰的话："至于这样的人生到底幸不幸福，又是另外一回事了。"

　　直到最后，我都没有再踏入那间让年纪相仿的孩子们互相切磋较量的宿舍。整个专题研讨会期间，我都是一大早就从家里走到大学内的研究室，并在那里待到晚上。

　　那段时间里，道终老师与我交谈甚欢。

　　原本我的目的只是想要写出符合题目要求的演算程序，但后来我早已将这个目的忘得一干二净。与道终老师聊天，成了我前往大学的唯一目的。按理说老师应该很忙，但不知为何他总是愿意花时间陪我。他教了我很多事情，每一句话都有十足的震撼力。

　　"信息必须是自由的。"

　　这是老师的口头禅。

短短几天之中，我已听了不下数次。

有一天，老师让我见识了他过去一手打造的伟大业绩。那就是为信息素材内的信息元件网络建立起基本架构的程序原始码。现如今这是全世界网络系统的基础，却是属于不设限的公开信息，任何人都有权浏览。

老师写的原始码实在太完美，我不禁大为赞叹。回想起来，当年的我对那些原始码的理解程度或许不到百分之十。如今我自认为已能理解百分之九十，但是否真是如此，我自己也不敢肯定。道终老师在写出那些原始码时才二十多岁，却能把原始码写得如此博大精深。

"其实还有许多地方需要改进。"

老师一边说，一边伸出手指，轻轻放在我的头顶上。这微不足道的身体接触让我心跳加速。老师所指的位置是前额叶的斜上方，也就是头皮内侧电子叶的所在区域。

"早在开发信息素材的时候，我就有电子叶的构想了，只是当时的概念还十分模糊。"

老师说得轻描淡写，我听了却错愕不已。原来早在老师二十多岁时便想到了这个足以为后世带来革命的重大发明。我眼前这个人果然是人类史上最顶尖的天才。

老师把手指从我的头顶拿开，再度指向荧幕。

"因此作为基础网络，必须有着能够适应未来趋势的系统，也就是具备更加立体性、空间性及耐时性等特点。"

此时画面上出现了两组模式图。其中一组是将数十张平面图重叠而成，另外一组则是许多箱体散布在空间中的 3D 模式图。

"自很久以前便存在，将许多平面层页重叠组成立体结构的层叠观念。OSI 标准时代的通信协定，正是建立在这样的概念之上。但是这样的做法容易造成平面上的联系优先于层页之间的联系。既然是以群组来分类，这是必然的结果。新世代的网络必须突破这层藩篱。在网络世界里，不论长、宽或高都应该拥有相同的价值，唯有距离能成为限制因素。方向性的不均衡只会造成阻碍而已。"

老师的话有时深入专业领域，有时又跳进抽象的世界。我只能依靠自己少得可怜的知识及电子叶的辅助勉强听懂。

"大脑也是一样。"

"大脑？"

老师指了指自己的太阳穴，没有移植电子叶的正常大脑。

"大脑可是人类所知的最优秀的信息演算装置，不论想要开发任何信息处理技术，只要模仿大脑就对了。手边有这么棒的模板，不照抄实在太傻了。"

老师漾着微笑转头望向荧幕，在看似年代已久的键盘上敲了一个按键，画面上跳出一面同样看似年代久远的网络浏览器。接着老师从书签列表中挑选了一个网页。

网页上有个奇妙的 3D 半透明球型图案，一部分呈现渲染般的红色，看起来像是热感应影像一般。红色区块一下出现在球体表面，一下出现在球体内侧，浓淡各有不同，就这样不断重复出现又消失。

"这个网页能够实时观测京都市的网络通信流量，画面上的球体是市内的通信网路示意图。通信流量较高的地点会显示红色，流量降低又会变回黑色。这个随着时间而发生浓淡颜色变化的现象，跟大脑活动观测图非常相似。"

我看着画面上的网络活动观测图，回想起从前读过的一本古典小说。小说里，网络有了意识，整个地球成为一个会思考的物体。我把这个想法告诉老师，他的回答是：

"这也不是不可能，但就算地球会思考，毕竟时间与空间的规模相差太远……恐怕不见得能与人类进行交流。"

老师非常认真地聆听了我那些宛如天方夜谭般的幼稚想法。他不仅是年过半百的天才，更是社会公认的伟人。这样的大人物却愿意与我这个年仅十四岁且没有任何背景的孩子站在平等的立场上交谈，这让我既开心又骄傲。

"御野，你仔细看看这些红色的部分。你认为这些活动的区域，能称之为层页吗？"老师指着画面，我忍不住将身体往前凑。

"那不是平面的层页……是立体的领域。"

"你的领悟力不错。"老师喜滋滋地笑着说。对我而言，能够获得老师的赞美远比获得演算程序设计比赛优胜更加光荣几千倍。

"必须以立体的观点来思考。网络活动区域随着时间而变化，跟大脑的活动很像，跟宇宙也很像。宇宙诞生前的摇曳状态，差不多就是这个样子。"

老师的话实在太过天马行空且没有脉络可循。我只能依靠电子叶辅助理解。就好像老师正驾驶着一列银河列车，而我必须牢牢抓紧了才不会被甩下车厢。

"御野。"

"是。"

"我问你一个问题。"

老师好整以暇的一句话让我瞬间紧张起来。

"要让网络通信状态与大脑活动完全相等，需要什么样的条件？"

我绞尽脑汁，全速运转电子叶，拼了命地想。我感觉整个脑袋开始发烫，甚至超越了夏天的气温。但任凭温度再怎么上升，还是想不出个所以然来。

"……我不知道。"

我的胸中充满了苦涩。或许老师并不指望我能说出答案，但当着老师的面说出如此窝囊的话，让我感到极度懊恼。

"要让网络与大脑相同，只需符合一个条件……"老师说道，"那就是'自由'。"

"自由？"

"任何信息都能够流通至任何角落，没有轻重、贵贱之分。只要达到这点，网络活动自然就跟大脑一样，因为大脑正是最自由的。"

老师说得轻声细语，但那口吻却仿佛想要宣扬这句话。

他不是在教导我，而是在教导全世界。

"御野，我希望你能获得自由。"

老师转头朝我望来。此时他的眼中只有我，没有世界。

"我希望你能待在一个能够自由撷取及发送信息的位置。随着电子叶的普及，每个人都必须与信息融为一体的崭新时代即将到来。但信息终究会遭到束缚，成为秘密。常识、道德、经济、欲望等各种力量都会成为阻碍信息流通的绊脚石。"

老师说得严肃且沉重。

我不禁擅自想象，从过去到现在，老师一定为了那些凡夫俗子吃了不少没有意义的苦。有些人摆脱不了常识的束缚，有些人抗拒不了金钱的诱惑，还有些人无法理解老师的才能。老师一定是长年来饱受那些人的折磨。

"即使如此，信息还是应该维持在自由状态。"

我凝神倾听老师的谆谆教诲。

心中的感情已接近崇拜。

"诀窍只有一个……"老师对我淡淡一笑，"那就是公开信息。"

老师当年教导我的"公开信息"这个理念，在我心中是如此美丽、纯洁，那就像是一根贯穿了污秽世界的崇高水晶尖柱，正面挑战沉溺在金钱与权力中的大人们所组成的社会。在年幼的我眼里，这个理念是如此尊贵非凡。老师就像是科学的传教士，愿意为了信念而殉教。

跟那些愚昧无知，只知道享乐与赚钱的大人们是完全不同的。老师是我的理想，是我的偶像。

但后来我发现我错了。

当我成为那些污秽的大人的一分子之后，我才发现我错了。

老师创造了信息素材的原始码，原始码创造了宛如大脑一般美丽而神圣的网络。至于那网络创造了什么，后来我终于想通了。

那正是隐藏在老师亲手写下的原始码背后的真相。

污秽的大人们的利益。

7

孩子终有一天会变成大人。尤其是生活在日本这个幸福的国家，享受着先进且完善的社会保障，孩子即使没有付出多少努力，也会"自动"变成大人。就好像二氧化硅凝聚在岩层表面，逐渐形成石英一样。

当年的我，还只是一些松散的二氧化硅。经过长达十四年的结晶现象，如今已成为一颗矿石。但是在成长过程中，我吸入了太多杂质，无法成为一颗透明的水晶。然而与此同时，我也明白了世界上根本不存在透明的水晶。

我走进信息厅地下停车场，坐上停放了两天的私人汽车。

刚在座位上坐好，电子叶便自动进行认证，车子随即启动。停车场的充电座自车体下方脱离车身，发出宛如皮球泄气一般的嘶嘶声。

这辆车虽然是我的私人用车，但只要用在通勤上，充电费便可以报销。所谓的报销，说明白点就是花人民的血汗钱。但这种事要是太在意的话，恐怕连喝办公室里的咖啡也得战战兢兢。

车子无声无息地滑出了停车场。

来到室外，刚好是太阳下山的时间。京都几乎没有高耸的建筑物，唯独巨大的通信塔"京都 PIARA"特别醒目。

"京都 PIARA"是维持市内通信网路运作的核心通信塔，由大型信息企业"亚尔康"投资兴建。除了通信机能外，还包含餐厅以及瞭望台，如今已成为京都的热门观光景点。但是也有很多人不喜欢这座通信塔，理由是与古都景致格格不入。然而自从有了这座通信塔之后，京都的通信质量变得非常好，我相信网络的连线速度远比"景色"那种虚无缥缈的东西更加重要得多。

我将视线移开通信塔，眼前的信号灯刚好变了，半自动驾驶的车子缓缓减速。

一群观光客通过斑马线。此时才刚入夜，路上行人不少。由于时间还早，我不想直接回家。白天想起老师的事让我有些感伤。

信号灯再度改变，车子沿着丸太町路向东前进，到了河原町路的路口后往左转，沿着鸭川一直北上。虽然直接回家也没什么不好，但我还是想找个地方消磨时间。

我开过了今出川路，来到鸭川三角洲附近。再继续往前开，就要开进深山里了。我在过桥头拐了弯，从鸭川沿岸转入与贺茂川平行的巷道里。

　　就在这时，我发现车窗外异常明亮。

　　我把车子停在路旁，走过斑马线。放眼望去，是一大片河岸和堤坝。我所在的地势较高，贺茂川河岸的景色尽收眼底。

　　吸引了我的目光的光芒，原来是来自一片由塑胶房屋组成的"聚落"。

　　一座座以塑胶制成的简易建筑坐落在河岸上，乍看之下宛如一排排置物柜。那个"社区"的里生活设施实在太过简陋，令人不禁联想到发生大灾难后仓促搭建的临时收容所。这座位于河岸边的社区，正是市民们口中的"聚落"。

　　住在里头的人，都是经济上处于弱势的市民。

　　它的正式名称为"基本保障住宅"，里头住的都是一些因某种理由而无法工作且没有积蓄、生活不下去的人。现如今已没有所谓的"游民"或"街友"。虽然建筑物寒酸简陋，但每个人都能分配到住处。不仅如此，住在里头的绝大部分市民都移植了电子叶。早在十五年前，移植电子叶便已成为义务，即使是在那之前出生的人，只要提出申请就可以免费进行移植。因此那些人跟我在"硬件"上并无丝毫差异。但他们与我之间，却有着一道难以跨越的鸿沟。

　　那就是"信息等级"的差距。

　　等级就是阶级。

　　信息的阶级就是身份的阶级。

这是一套根据《信息等级规范法》所制定的新形态阶级制度，随着电子叶的普及而逐渐融入国民的生活之中。继信息大国日本出台这套政策后，世界各个先进国家纷纷考虑推动相同政策，现在它已经成为新世界的人民分阶原则。

《信息等级规范法》对人民的信息处理权限有着严谨的规定。

每个人的信息等级，会依其社会贡献度、公共评价、生活态度及纳税额而有所不同。政府依据信息省人事局所掌握的国民信息进行评核，将所有国民划分为国民基本信息等级第一级至第三级。

信息等级会影响两种权限：

第一，可取得的信息量。

第二，个人信息的保密。

现代都市几乎全由信息素材打造而成，每个人都随时受到监控。"不要追踪我""不要监控我"这类要求在这年头是行不通的。只要住在都市里，个人资料就会被采集，至于谁能看见这些资料，则是管理层面的问题。而信息等级的高低，正与信息的管理息息相关。

等级越高的人，能得到越多信息。

等级越高的人，越多信息能获得保密。

等级越低的人，能得到的信息越少。

等级越低的人，能获得保密的信息越少。

简单来说，信息阶级就是"信息自由度"的阶级。

大部分的一般国民都是"等级二"，这是最普通的等级。如果经常参与慈善活动，或是从事社会贡献度较高的企业活动，则有可能提升至"等级三"。相反地，如果因违反交通规则而遭受处罚，则有可能跌落至"等级一"。

等级的差别并不会对生活造成巨大变化，却会在许多细节上呈现出差异。例如买保险的时候，保险费会因等级而有所不同。此外，等级越高，买电影票或演唱会门票时越容易买到好位置。这是因为卖方认为等级越高的人越不会做出偷拍之类的行径。

有些人认为这种程度的差距根本没什么大不了。老实说，我自己也觉得等级一跟等级三并没有多大差别。

真正的鸿沟，是在等级一之下。

就在这时，不远处传来了嬉笑声。我转头一看，那里坐着三个男孩。他们并肩坐在昏暗的堤坝上，前一分钟还在兴奋地哈哈大笑，后一分钟却又鬼鬼祟祟地讲起悄悄话。我大概猜得到他们在做什么。他们的举止，就像第一次偷东西的小孩一样让人一目了然。

前方的"聚落"里，大概住着他们心仪的女生吧。

聚落里的居民都有最低限度的生活保障，因此适学年龄的孩子也可以像一般孩子一样去学校上学。教育也是基本保障的环节之一，这是毋庸置疑的事情。但由于这些人必须接受政府的救济，他们的信息等级当然会被降至最低。基本保障只允许及强迫他们移植电子叶，却没有仁慈到让这一群从不缴税的人拥有更多权限。

因此他们的信息等级都是"零"。

几乎得不到任何信息。

个人信息也不受任何保护。

所有住在聚落里的人，全部都是等级零，其中不乏一些年轻女性。

"等级零"的个人资料几乎不受保护，因此那些男孩能够轻易取得聚落里的女孩的一切信息，当然还能偷窥。

那些简易住宅都是以信息素材制成。这些信息素材很尽责地不断撷取房屋内的所有影像信息。单就这一点而言，其实每个人的家都一样。就算是我所住的公寓，或是信息厅的办公室，都受到信息素材的实时监控。但在一般情况下，这些信息都受到安全系统的保护，没有外泄的忧虑。

然而等级零的信息不受保护。这些人的个人隐私就暴露在阳光之下，任何人都能随便获得。那三名男孩轻而易举就能取得聚落里的女孩子的裸体影像。所谓的等级零，就是这样的一群人。任何不想被他人知道的秘密，甚至是性方面的隐私，都会毫无分别地遭到公开。

宛如过着赤身裸体的生活。

换句话说，那群男孩的偷窥行为并不违法。虽然有道德争议，但没有任何法律可以加以处罚。

这样的社会现状当然引发了部分人士的非议。今天在我收到的电子邮件中，有一封就是要我参加一场关于等级歧视的道德议题检讨会。但说句老实话，对现状不满的人真的只是"部分人士"而已。这十年来随着时代的进步，社会思维也逐渐发生了变化。

那几个男孩当然也不例外。此时他们已站了起来，一边嬉闹一边离去。他们的偷窥行为并没有持续太长的时间。对他们来说，这只是小小的恶作剧而已。

因为对方的身份是等级零。

等级零的裸体并没有任何神秘感。

他们若是看到其他女孩的裸体，想必会更加兴奋。例如同样为等级二，个人隐私受到保护的女孩，一定会令他们更感兴趣。等级零的个人隐私是公开的信息，就跟一丝不挂走在街上一样。因为没有任何价值，所以没有任何意义。这已成为相当普遍的价值观。

事实上，我当年也是这样。

初中时的我，与他们没有什么不同。在相同的社会环境中长大，拥有相同的价值观。对等级零的裸体不屑一顾，对等级三的裸体却是疯狂追求。直到长大成人之后，我才渐渐对这个价值观产生怀疑。

距离那年夏天与老师的邂逅，已过了好久好久。

专题研讨会最后一天的演算程序设计比赛，我弃权了。我什么也没做，因此交不出任何成果。说穿了，当时我已经对比赛提不起兴致。即使到了最后一天，我还是只想着跟老师说话。我希望与老师的对话，能够永远持续下去。

但是就在最后一天，当我走进研究室时，发现老师并不在里面。我问研究室里的学生们，他们也说不知道老师去了哪里，只交给我了

　一封老师亲手写的信。

　信中写着这么几句话：

　你应该获得自由。

　你应该待在能够自由取得信息的位置。

　你应该追求等级五的身份。

　从那一天起，我才得知原来还有超越等级三的信息等级。事实上这是任何人都查得到的信息，并不是漫画里的那种神秘的隐藏等级。只不过对一般人来说，那是太遥远的世界。

　任职于信息处理相关领域，且拥有专业执照者，可升级为等级四。

　信息厅的上层职员，职衔为审议官以上者，可升级为等级五。

　内阁总理大臣及各省大臣，可升级为等级六。

　四到六的高阶等级，与一般国民零到三的等级有着明显的不同。唯有钻研于专业领域，并且在政府核心机构任职的人，才能获得这些权限。老师给我的信中，正是要我以此为目标。

　从那一天起老师就消失了。

　老师的失踪，没有任何征兆。当时老师才五十三岁，还是活跃于信息领域最前线的研究员。除了京都大学之外，他还为政府及企业承接研究项目，同时进行着数种最先进的研究。没想到他突然抛下一切，就这么从世界上消失了。

道终老师发明的信息素材及电子叶，彻底改变了这个世界。据说他在失踪之前，正在积极研究量子计算机的高速化理论。平日他往来于京都大学与私人企业研究机构之间，全身心投入到这两处超级量子计算机的研究上。倘若能实现信息处理的大幅度高速化，世界将发生第三次重大变革。然而老师却丢下了研究到一半的成果，消失得无影无踪。这件事令整个研究界陷入一片愁云惨雾之中，有人说道终老师一消失，人类的进步速度将从骑脚踏车退化成徒步。

各领域的研究者都有一种无所适从的彷徨感。

这股笼罩着全世界的悲伤气氛，令我心中的"独一无二感"愈加强烈。

因为道终老师最后留给我的那几句话。

像老师这样的稀世天才，竟然特地为我留下了几句话。

对当时还在读初中的我而言，这可是名副其实的"启示"。不是启示装置发出的那些假启示，而是我最尊敬的老师只为了我而遗留下的启示。那才是机械绝对无法模仿的"天启"。

从那一天起，我便踏上了老师所指示的道路。我的目标是信息厅上层官员才能获得的"等级五"。

读书本来就是我的强项。初中毕业后，我进入了日本国内屈指可数的明星学校，心无旁骛地踏上成为社会精英的典型人生道路。高中期间除了读书之外，我更深入学习信息处理相关知识。尤其是与网络系统有关的程序语言，以及关于老师所写的信息元件系统原始码，我在高中时已拥有不逊于专家的理解。我想要掌握老师曾经学过的所有知识，由此拉近与老师的距离。老师就是我人生中指引方向的星辰。

我顺利获得保送名额，进入了信息学研究领域的世界最高学府，也就是京都大学信息学部。这里毕业的学生将来进入信息厅工作的比例为全国之冠。到目前为止，我是完全按照计划一步步地过着自己的人生。但是就在大学二年级的时候，我发现了一件事。

当学生有不少空闲时间，而我热衷于分析老师留下的系统程序，几乎到了狂热的地步。我夜以继日地研究信息元件的控制机制，试图将整个网络系统的架构摸得一清二楚。我一直认为这就是接近老师的捷径。

但在分析的过程中，我察觉到了不对劲。

信息元件所建构出的网络世界是如此美丽。那是一种模拟了人脑的多工并行型信息网路，采用的是多元领域的重叠理论。但是在系统的深处，却暗藏了一个秘密。

那就是空转。

简单来说，就是做白工。刚开始的时候，我还以为一定是我搞错了。老师绝对不可能没有注意到这样的瑕疵。但是不管怎么看，信息元件与信息素材的基础系统确实存在着相当严重的空转瑕疵。这个瑕疵会导致网络信息传递速度出现局部性的偏差、延迟并降低精确度。我试着修正这些瑕疵，写出新的程序码，并进行了模拟测试。没想到我这个凡夫俗子写出来的系统，比老师留下的现行系统在网络质量上竟然提升了百分之八。虽然只是个位数，却是相当可怕的差距，对全世界的总生产效率不知会造成多大的影响。

自从发现这件事后，我更是如发了狂般研究原始码，想要彻底掌握整个网络系统中的奥秘。耗费数月，我终于找出了空转问题的原因。

信息元件网络的空转，其实是在模拟大脑系统时不可避免的失衡现象。就好比是建立网络系统时随之产生的"习惯"。既然是模拟大脑的系统，自然会有速度快的部分及慢的部分、精密度高的部分及低的部分，而这会降低整体系统的质量。

但找到了答案之后，我心中的疑惑反而增加了。

凭老师的能力应该有办法排除这个问题才对。

老师不可能没有看出这个瑕疵。像老师这样的天才，不可能看不出连我也能发现的系统缺陷。因此我敢肯定，这个系统缺陷是老师刻意留下的。但如此一来，却又衍生出了另一个问题，令我百思不得其解。为什么老师要这么做？

不久之后，我找到了答案。

老师在开发出信息素材之后，许多企业及财团法人希望让他任职董事。以老师的成就来看，这是理所当然的事情，本身并不足为奇。但若查看相关组织内的其他董事成员，或是与其有着密切关联的国会议员姓名，就会发现那些乍看之下毫无瓜葛的一群人，其实有个共通的特征。

不管是组织也好，个人也好，都与《信息等级规范法》脱不了关系。

就在这一瞬间，我想通了一切。所有碎片拼凑出了一幅令我不愿多看一眼的图画。

所谓的信息等级，其实是为了创造某些人的利益而刻意建立的制度。

老师故意留在系统里的失衡现象，造就了网络上的速度差异及精准度差异。政府认为这个差异是系统上无可避免的特征，因此制定了一项条例以作为资源分配上的初期依据。而这项条例就是《信息等级规范法》的前身。

等级较高者，使用网络质量较高的部分。

等级较低者，使用网络质量较低的部分。

从前的我对此一无所知，且不曾产生怀疑。我满心以为网络的状况与信息的阶级制度只是刚好互相契合，资源的分配并无任何不当之处。但现在我看出了真相。网络资源的不平均是老师刻意留下来的瑕疵。明明老师可以制作出更有效率、更均衡的系统，为什么没有那么做？当我推导出这个疑惑时，答案已呼之欲出。

官商勾结。

新世代网络系统的研发一旦成功，将带来世界规模的新市场。这套系统能够改变世界，而只要在系统里玩一些小花样，就可以在新的世界里创造出庞大的利益。

所谓的小花样，指的就是蓄意的劣质化。

系统的劣质化创造了信息地位上的优劣差距。

而阶级政策最有效地运用了这个差距。

这是一出大得令人咋舌的戏码。但是我所查到的那些组织及相关人士，却握有足以演好这出戏的权力。政治、官僚、企业及老师的研究成果沆瀣一气，除了良心的谴责之外恐怕世上已找不到任何绊脚石。

阶级政策是人为操弄下的产物。其背后不是个人的意志，而是一大群人的欲望。

以老师的才能，要设计出更有效率、更单纯、更平整的网络系统绝对不是难事。但过于平整的地面无法创造"价值"。股票价格有涨有跌，所以产生了市场；土地价格有高有低，所以产生了利益。

老师亲手创造出了新的天地，亲手加入了人为的偏差，并且把它当成商品卖了出去。正义并非商品的必要成分。不论是政府机关也好，私人企业也好，想要赚大钱的人多如牛毛。这些人看见老师拿在手上的"未来的商品"，肯定是热情地摊开了双手。这就像是一种"只要知道内情就能赚钱"的内线交易。一种规模广及全世界的内线交易。

老师献上了自己的研究成果，换来了地位、荣耀与财富。

老师得到了能够继续进行后续电子叶研发的地位、荣耀，以及预算。

付出的代价，则是打着"系统特征"为口号的阶级制度。

当时还在读大学的我，在得到这个结论的一瞬间，不禁回想起了在那纯真年代曾听老师说过的那句话。

——任何信息都能够流通至任何角落，没有轻重、贵贱之分。

老师对我的谆谆教诲……

"公开信息"的信念……

曾经让我深深着迷的那根贯穿了污秽世界的崇高水晶尖柱，原来有着这样的本质。

那只是一根为了维持完美风貌而将混浊的水晶溶解重制而成的假货。

骗人的玩意儿。

8

车子轻轻地滑进了公寓停车场。进入停车场后，我开启了自动驾驶，拿起一袋回程路上买的下酒菜。车子在我承租的停车格上停妥，充电座旋即升起。

我下了车，搭乘停车场的电梯直抵十五楼。两天未归的屋子里昏昏暗暗，没有任何人在等着我。按下开关，灯光照亮了空荡荡的客厅。三室一厅的房子对单身汉来说，实在是太大了一点。

信息厅高阶官员这个响亮的头衔，让我拥有高于一般人的收入。这间公寓我只住了不到一年，但已经有些厌烦了，最近正在寻找新的房子。我喜欢搬家，一来可以转换心情，二来可以跟那阵子认识的女孩子彻底断绝往来。

我取来玻璃杯、冰块，以及一瓶威士忌。这是相当高级的威士忌，但不是我自己花钱买的。我家里的酒有三分之一都是别人送的。对于那些想跟信息厅拉关系的私人企业来说，这就跟糕点之类的伴手礼没什么两样，就算送了之后没有效果，也是不痛不痒。

因此我即使收到了这类礼物，也不会做出任何回报的举动。大部分的情况下，我依然摆出一副什么事也没发生的表情。这种毫无意义的利益输送，正是大人世界的运作法则。孩子们永远不会知道，只有进入大人的世界才能得知的秘密。

Useless rule、Useless style、Useless interest……

（无谓的内规、无谓的惯例、无谓的既得利益……）

这些就是我离开了大学，进入社会后学到的东西。我逐渐熟悉了从前一无所知的大人世界，逐渐能够想象大人们的心情。当然也包含年纪比我大上四十岁的老师的心情。

老师想必是经过了一番内心挣扎，才决定为了满足既得利益者而在网络里放入缺陷。如今这套网络系统依然保留着老师的内心纠葛，宛如人脑般联系着全世界。

我往杯里倒了酒。一口干了第一杯，旋即又倒了第二杯。

去年，我晋升为信息审议官。

信息等级也跟着提升，成为等级五。

我终于获得了老师所说的等级五地位。等级五的电子叶就像是一张梦幻般的通行证，能够让我做到许多过去做不到的事。就算是一些违法的行为，也能以"执行勤务所需"为由而做得肆无忌惮。包含取得大量个人隐私信息、公共层页的限制封锁及伪造或变更公共信息等等，全都不受限制。

也能够自由浏览许多过去无法进入的网络空间。不管是专业研究的数据库，或是企业的非公开信息页面，有了等级五的通行证之后，全都可以来去无阻。在总人口多达一亿的日本，只有不到一百人拥有等级五的身份。任何与信息操控有关的事情，只要是在日本做得到，我几乎都做得到。

但也仅此而已。

晋升为等级五之后，能做的事情也不过就是比等级四多一些而已，并没有什么惊天动地的巨大变化。有的只是"量"的变化，在"质"方面没有任何不同。好不容易抵达了老师指示的地点，我却感觉什么事也没发生。

事实上早在升上等级五之前，我便已猜到会是这样的结果。我当然没有天真到以为获得等级五地位后就能看穿人心，或是拥有超能力。想要以电子叶对大脑的监测来解析出个人的思考内容，在技术上是不可能做到的事情。顶多只能侦测出情绪处于亢奋或冷静状态，却无法将内心想法转化为文字。所谓的读心术，那是只存在于幻想世界的魔法。

即使如此，我的内心深处或许还隐隐期盼着看见魔法。

期盼着在老师指定的地点看见某种神奇的事物。

我小啜了一口酒，以动作指令向电子叶下达命令。电子叶唤醒了客厅里处于休眠状态的终端计算机，将计算机内的特定资料下载至电子叶内。接着我将电子叶的安全层级提升了一级，利用等级五的权限创造出一个任何人都无法进入的"秘密房间"。

我所下载的资料，就是"麻药"。

电子麻药。

一种以电子叶的启示装置为作用目标的违法程序。让启示装置制造出违反法律规范的启示影像及启示感觉，借此获得快感。当然使用电子麻药是违法行为，一旦被抓到，将会被革职且背上前科。被革职会掉到等级三，背负前科会直接掉到等级一。但反过来说，只要不被抓到就什么事也没有。

既然要做，我当然不会露出马脚。只要在资料的存取及历史记录上加以小心，就不用担心会被抓到。毕竟我可是等级五，日本国内能在这方面的技术上赢得过我的人寥寥无几。何况我所使用的电子麻药是由我自己所写，仅供我自己使用，而且从不曾带出这个房间，根本不可能被外人抓住把柄。

我整个人瘫倒在沙发上，启动了电子麻药。

现实中的躯体感觉逐渐变得迟钝，启示感觉慢慢掌握了主导权。此时我的脸上扬起了令我感到意外的笑容。那是一种自嘲的微笑。

在由孩童转变为大人的过程中，我彻底玷污了自己。整天利用等级五的权限偷窥个人隐私来骗女孩子跟我上床，要不然就是在等级五的保护下偷偷吸食毒品。工作敷衍了事，终日游手好闲，没有梦想也没有希望，只是过着追求刹那快感的每一天。我不讨厌这种生活，但也不特别钟爱。我过着这种生活，是因为我的脑袋什么也没想。自从得知等级五也没什么了不起之后，我便失去了人生的方向。我并不打算继续追求等级六，因为我知道等级六能做的事，多半在等级五的延伸范畴内。

现实感已完全消失，电子麻药所带来的快感已占据了我的大脑。

想要在脑中体验什么样的快乐，都可以用程序塑造出来。只要愿意花时间仔细设计，即使想让自己置身在酒池肉林之中也不是难事。但那并非我所追求的快乐。想要跟女孩子寻欢作乐，现实中就做得到。

在启示世界里，我总是回到孩提时代。

十四岁的身体，十四岁的感觉，十四岁的视线高度。我回到了刚与老师邂逅的那段日子。

遗忘已久的感觉，唤醒了同样遗忘已久的感情。

一种名为"期待"的感情。

在得知现实的丑陋之前，我曾拥有过。在聆听老师那些充满魅力的词句时，我曾感受过。在幻想等级五能看见什么样的世界时，我曾憧憬过。我利用麻药重现这些感情，陶醉在快乐之中。

原来老师不过是个污秽的大人。但即使只是一瞬间也好，我想要忘记这个事实。我想要永远对老师保持憧憬。我想要永远天真地相信老师跟那些污秽的大人完全不同。

启示装置创造出了虚拟的摇篮。我在梦里做着梦，在梦里抱着满心的期待，想象着与现实完全不同的未来。

Useless time.

（无谓的时间）

9

今天难得没有迟到。因为我昨晚睡得早，今天早上甚至还有时间晨跑。我几乎想不出任何不健康的要素，除了昨晚吸毒之外。

因为太过健康，我在上午便把一整天的工作都做完了。趁有闲情逸致的时候多多在三缟副审议官面前展现优秀的一面，倒也不是坏事。不过话说回来，我的工作本来就没什么大不了，到头来我还是闲得发慌，只好上网浏览新闻和购物网站。最近出了新型的终端计算机，我一时冲动就买下了。一般人根本不需要最新机型的那些性能，大概只有像我这种处理器疯狂爱好者才会掏钱买这种东西。要是连我也不买，难保制造商不会倒闭。

听说八十年前的人，会在家里放置一种名为"PC"（个人计算机）的机器。但是随着携带型技术的发达，随身带着走的机器已逐渐能满足绝大多数人的需求，后来只有极少数的发烧友才会购买速度较快的桌上机种放在家里。如今的状况也大同小异，绝大部分的人都是利用电子叶上网，只有极少数才会购买终端计算机放在家里。虽然已过了半世纪以上，这一点却没有丝毫改变。

"审议官，你有存钱的习惯吗？"

三缟一边问，一边将咖啡放在我的桌上。

"没有。"

"要是太爱乱花钱，被革职时可就吃不了兜着走了。"

"我从不做会让自己被革职的事。"这两天我至少干了十件违法的事，此时我却说得脸不红气不喘，"何况我这可不是乱花钱。购买新型的终端计算机对工作也有帮助，比把钱花在买车或旅行上要有意义得多。三缟，你呢？你的兴趣是什么？"

"茶道跟花道。"

原来不是空手道。或许这年头的花道也有踢腿的动作吧。值得一提的是，三缟是京都名门世家的大小姐，不仅长得美、家世好，工作能力也是相当优秀。年仅二十五岁就获得等级四的殊荣，即使是在信息官房里也是唯一的特例。就算我被革职，只要她还在，信息厅就能继续运作下去。

就在这时，启示铃声响起，一封电子邮件出现在启示视界。寄信人为次长。

"怎么了？"三缟察觉我在浏览启示视界。

"次长叫我下午一点去找他……不知道有什么事。"

"啊……这段时间承蒙你的照顾，请保重。"三缟一脸同情地对我低头鞠躬。

但愿别真的是革职通知。

10

午休结束后，我起身走向次长室。

我一边沿着走廊前进，一边全力运转电子叶，检查私人区域内的安全防护及历史记录状况。虽说我干的那些坏事绝对不可能被抓到把柄，但凡事谨慎小心一点总不会有错。当然，若有等级六的人强行窥探我的个人隐私，我只能束手就缚。但我想内阁总理大臣应该没空做这种事才对。

敲敲门，走进次长室。

信息厅次长群守调坐在待客用的沙发上，转头朝我望来。他跟我一样都是等级五，但他是过了三十岁才移植的电子叶，在使用电子叶的熟练度上跟我完全不能比。凭他的本事，绝对不可能抓住我的把柄。他的看家本领不是专业能力，而是政治手腕。

次长的对面坐着两名我没见过的人物。

一个是外国女人，有着白色肌肤及一头剪得整整齐齐的漂亮金色短发。年纪大概跟我差不多。一对浅色的瞳孔也正朝我望来。

另一个则是相貌精悍、年纪大约四十岁左右的男人。光看他身上的西装，就知道他一定是个有钱人。

启示视界上出现了两人的个人标注资料。若是遇到没有移植电子叶的谈话对象，只能以影像信息在网络上进行搜寻；而若是互相都已移植了电子叶，则启示视界上会立即弹出公开的个人信息。

但在看个人标注资料前，我就已经认出了那个男人的脸。

"他就是审议官御野连。"

群守次长从沙发上站了起来，将我介绍给两人。我向他们鞠躬致意，他们也各自起身。女人先朝我伸出了手，说道：

"幸会，我是米亚·布兰。"

外国女人的日语说得非常流利。我一边与她握手，一边查看她的标注资料。米亚·布兰，医学及理学博士，专业领域为神经生理学。

紧接着男人也朝我伸出手。

男人体格高大，身材极为匀称，脸上带着友善的笑容。表情虽然友善，目光却颇为犀利。光是那阴寒如冰的笑容，就足以让周遭温度下降数度。

"我是有主照问。"

我伸手与眼前的大人物交握。

有主照问。

信息业界的日本国内龙头企业，亚尔康企业的首席执行官。

原本亚尔康企业的规模大小在国内只排第三名，但有主照问凭着其高明的经营手腕，在短短十年之内就让企业规模扩大至世界第二。

虽然他才四十一岁，却已成为企业的首席执行官。即使不看启示视界上的信息，也不可能不认得这个世界级的名人。

亚尔康企业跨足信息业各相关领域，尤其在硬件方面的市场占有率有着难以撼动的地位。与政府合作的案子也不少，例如铺设信息素材以提升区域通信网路质量，以及电子叶的受托研发等。附近那座京都 PIARA，其事业主体企业也是亚尔康。

原本亚尔康为半民营企业，自从政府推动信息自由化政策之后便改为纯民营，但如今依然与政府之间互通声息。因为这个缘故，亚尔康企业的职员造访信息厅并不是什么稀奇的事情，但首席执行官亲自来访还真是头一次。

"幸会，我是御野。"我挤出一个礼貌的笑容。

"好年轻的审议官。"

"他相当优秀，而且别看他这样，他的信息等级可是五。"群守次长捧了我一下。

"这么年轻就晋升为等级五！真是太了不起了。"有主照问一脸吃惊地说。

"全靠次长的提拔。"

我谦虚地说道。就算他是亚尔康企业的首席执行官，平时见到等级五的机会应该也不多吧。等级四只要考试合格就能取得，拥有这个身份的人在民间多得数不清。我一看有主照问的个人资料，他自己也是等级四。然而等级五以上却是唯有政府官员才能获得的阶级，这无关能力，而是制度上的问题。

"请坐。"次长说道。有主照首席执行官与米亚·布兰并肩而坐，我则与次长并肩而坐，两两互相对望。

首席执行官露出慈和的微笑，以一对修长的双眸凝视着我。表情虽然带着笑意，但是眼神却极度理性且冰冷。像这样的人，大多有着不为人知的一面。不过他既然能干到首席执行官，就算有着不为人知的一面也不是什么奇怪的事情。

"请问两位今天来访的目的是？"我切入了正题。

首席执行官与米亚·布兰对望了一眼。

"这得从很久以前的一件案子说起……"米亚·布兰顿了一下，接着说道，"我们公司的资料存放服务器曾经遭人窜改内容。"

"窜改内容？被外人吗？"

"一百九十二台并行服务器的相同记忆位置，在几乎同一时间遭到窜改。歹徒应该是透过内部网络或是接近内部网络的平台动了手脚。"

"一百九十二台，在几乎同一时间……请问'几乎'的意思是？"

"八纳秒[1]。"

我听得瞠目结舌。

"是真的。"

米亚知道我难以相信，主动再次强调。我大为惊愕。这种事真的

----

1 一纳秒即十亿分之一秒。——译者注

有可能做到吗？

　　并行服务器的基本用途就是存放重要资料，因此拥有极高的资料保存能力，这是毋庸置疑的。在设计上有些服务器会被故意放置在遥远的地方，有些服务器则是在特定时间才会连上网络，而且每台服务器的同步化排程都不同，因此就算有数台的资料遭到毁损，也一定找得到保存着完整资料的服务器。何况企业内部网络，也不是毫无防护措施。虽然会比从外部入侵要简单得多，但要在八纳秒之内窜改全部共一百九十二台并行服务器，这几乎不是人类能办到的事情。

　　"御野，这种事有可能做得到吗？"次长问道。

　　"做不到……至少我做不到。"

　　虽然不甘心，但这是事实。若要我做出一模一样的事情，我肯定做不到。我无法想象歹徒使用了什么样的手法，但可以肯定的是那个人一定是个极高明的网络黑客。

　　"服务器里的一部分资料被删除了。"米亚接着解释，"当时公司的新技术研发机构正在进行某项研究，被删除的就是关于那项研究的所有相关记录。我们认为歹徒正是进行该研究的研究员之一。"

　　我一愣，抬头问道："你们已经掌握歹徒身份了？"

　　"没错，应该就是当时我们所邀请的客座研究员。资料遭删除后，这名研究员也跟着下落不明……我们认为他将资料删除后，带着这些重要的研究资料逃走了。"

　　"但是……"我略一思索，问道，"两位为什么找上我们信息厅？"

米亚点了点头，回答："我们想要找出这名失踪的研究员，并且取回他偷走的资料。虽然我们同时进行着服务器的资料修复作业，但他的删除手法实在太完美……我们认为比起修复资料，或许直接把本人找出来可行性更高，所以今日特地来贵厅拜访。"

"但找人应该是警察的工作吧？"我纳闷地问道。

信息厅是全国网络信息的集中地，确实在找人这件事上能够提供协助。但我们能做的，也就只是搜集信息而已。就算真的找到了，我们也没办法逮捕。与其来我们这里，不如打从一开始就到警察厅寻求帮助。各省厅之间会互相合作，我们只要接到警察厅的请求，当然也会提供必要的支援。

"我们当然也找警察谈过了……"米亚露出无奈的微笑，"但我们认为警察没办法找到这个人。毕竟警察已经找了他十四年，却没发现任何蛛丝马迹。"

"十四年？"

"没错，这个人已经失踪了十四年，资料遭到删除也是十四年前的事。我们找了他整整十四年，却完全找不到他的下落。毕竟这个人号称拥有'人类最聪明的头脑'，当然不是省油的灯……"

顿时，我的脑袋一片空白。

片刻后，我以飞快的速度进行思考。电子叶有如无头苍蝇一般在网络上胡乱搜索，我被强烈的不安所淹没。

有主照问首席执行官此时抬起了头。

原本一直保持沉默的他，凝视着我说道："夺走重要研究资料的人，就是道终常一。"

我感觉到背脊一阵发麻。

原来是老师。

道终常一老师。

没错，我参加专题研讨会的那个时期，正是十四年前的夏天。我遇上了老师，他帮我上了一星期的课，然后就失踪了。

"我们想把他找出来。"首席执行官说道，"我们想知道他到底带走了什么样的资料。因此这件事不能只交给警察处理，我们必须想尽各种办法追查线索。这十四年来，即使是多么微不足道的线索，我们都彻查过了。然而就在最近，我们又得知了一个小小的线索。御野连审议官，我们今天前来拜访，正是为了这件事。"

首席执行官叫了我的名字，把我的茫然思绪拉回了现实。

他正目不转睛地看着我。

那眼神令我相当不舒服。

修长的双眸，仿佛可以看穿我的内心。相较之下，我却完全看不出对方心里打的什么算盘。黯淡无光的瞳孔，诉说着内心深处不为人知的秘密。那是一种没有丝毫人性的眼神，是一种正在等待猎物上钩的眼神。

"听说你是道终老师指导过的最后一位高徒。"首席执行官接着说道。

11

回到办公室内的私人空间后，我立即将玻璃墙切换为不透明。平常我会使用逐渐转白的切换效果，但今天我手指一滑，竟不小心让玻璃墙在一瞬间完全变成白色。外头的同事们或许都吓了一跳也不一定。

我整个人跌坐在椅子上，将终端计算机从休眠状态中唤醒。由于恢复待机的速度太慢，与电子叶的处理作业起了冲突，造成了指令的延误。我不禁心想，上次买来放在家里的新机型，应该再买一台放在办公室才对。于是我立即在启示视界里开启网络购物页面，但仔细一瞧，新机型竟然已销售一空了。我只好皱着眉头关闭了视窗。就在视窗消失的同时，玻璃墙的拉门滑了开来，三缟端着一杯冒着热气的咖啡朝我走近。她将咖啡放在我面前，说道："真是难得。"

"难得什么？"

"难得看你心情不好。"

"我并没有心情不好。"

"真的？"

"假的。"

"看得出来。"

三缟说得没错，我现在可说是一肚子火。原因当然是那个男人⋯⋯亚尔康企业首席执行官，有主照问。

想到刚刚的事，一股怒气再度窜上胸口。

那个冷酷无情的首席执行官问了我一大堆关于我跟老师的问题，不给我留任何情面。我迫于无奈，只好对他坦白当年那段往事。我在参加专题研讨会时遇上老师……老师教了我很多事……那个夏天的整整一个星期，我每天都跟老师聊天……在我讲述这些事时，那个男人一直观察着我的表情。脸上带着虚伪的笑容，一对眼睛却不停上下打量着我。

话说回来，我不得不佩服他们竟能循线找上我。事情已过了十四年，何况我跟老师只相处了一星期，他们竟然能为此找到信息厅来，调查能力实在令我咋舌不已。而且他们判断出我是老师指导过的最后一名学生，这点也值得赞赏。等级五的个人隐私受到严密保护，他们竟然能把我的经历掌握得如此精准，实在令我叹服不已。

但是那个首席执行官在问完了所有问题后，却说了这么一句话：

"原来如此……我们听说你是道终老师的最后一位高徒，本来以为你应该知道一些关于他为何失踪的线索，没想到你跟他的关系只是这种程度而已。"

光是想到这句话，我脸上的肌肉便微微抽搐。

这种程度……

他竟然说……这种程度……

若以一般世俗的眼光来看，我跟老师确实只相处了一个星期。换算成实际的相处时间，恐怕也就不到四十个小时。单看这点，确实能以"这种程度"来形容。我跟老师就只是这样的关系。

但重点根本不在相处时间的长短。那个贼头贼脑的中年大叔根本不了解，我跟老师相处的时光是如此深刻而有意义。他不知道老师教了我多少宝贵的知识。一个缺乏想象力、什么也不懂的人，竟然敢说我跟老师相处的时间就只是"这种程度"。这是对我的最大轻蔑。像他这种对老师的思想一无所知的商人，想必连老师所写的那些完美的原始码的百分之一也理解不了，根本没有资格对我说出这种话。

何况"夺走研究资料"根本是种本末倒置的不实指控。当然我并不认为老师是个绝对不会偷东西的圣人，但我相信世界上如果有某种资料重要到让老师都想要加以删除，制作出这些资料的人想必就是老师自己。换句话说，那原本就是老师的心血结晶，那男人却把研究资料说得好像是自己的所有物一样，实在是大错特错。

老师当时是客座研究员，雇用老师的一方当然拥有权利，这点毋庸置疑。但他们不过是一群提供了研究场所及器材的无能之辈，却试图把老师的研究成果完全据为己有，未免太过分了。老师的头脑是所有人类的珍宝，却被他们形容成了"夺走私有物的歹徒"，这是天底下最荒唐的事情。

我越想越是怒不可遏，不知触发了什么信号刺激，启示视界上竟弹出了有主照问的个人信息。那正是我此时最不想看到的东西，我愤怒的情绪瞬间攀升到了顶点。

有主照问在二十多岁时还是个计算机工学的研究员，后来转换方向，开始学习经济。获得企业管理的硕士学历后，有主照问进入亚尔康企业工作，成功让亚尔康企业的规模急速成长，并晋升为首席执行官。如今有主照问已成为世界知名的日本人，名气不小于道终常一。

我看完这些记录后，气呼呼地挥动手指，抱着自暴自弃的心情将启示视界里的所有视窗全部关闭。似乎其中有些是工作上的联络事项，但我管不了那么多。

"由我来处理吧。"三缟以她的权限接手了我所关闭的工作。

"看来你今天是没办法工作了。"她扔下这句话，转身走了出去。我想尽量挤出和颜悦色的表情，但最后还是只冷冷地对她说了一句"谢谢"。

阻挡了一切信息的办公空间里，只剩下我一个人。

我啜了一口三缟冲的咖啡，温度高于体温的液体渗透进五脏六腑。

心情逐渐恢复冷静……

就算再怎么气，也无济于事。满脑子想着那个愚昧无知的公司经营者，把自己搞得心浮气躁，对自己没有任何好处。反正我跟那个人大概不会再见面了。他十分清楚我提供不了任何关于老师的线索。虽说信息厅与亚尔康企业关系匪浅，信息厅很乐意提供协助，但毕竟这十四年来，没有发现老师留下的任何蛛丝马迹，我们也不知道上哪里去找他。我想警察厅那边的状况大概也是半斤八两吧。

说实在的，我认为任何人都找不到老师。

毕竟老师是自愿销声匿迹的，凭我们的这点能耐绝对没办法把他找出来。亚尔康企业花了十四年才找到我这条线索，想要查出老师的下落恐怕还得花上数十年的时间，说不定到时候老师早就过世了。倘若老师现在还活着，年纪已近七旬了吧。

我们这些凡夫俗子能做的事毕竟有限。

我们只能尽量最有效地运用老师留下的成果。只能致力于印证老师发现的真理。老师总是走在道路的最前端，而我们只能以极缓慢的速度在后头追赶。

想到这里，我不禁叹了口气。电子叶也终于逐渐开始降温。

我一挥手指，启示视界上弹出了一面视窗。

看着世界上最令我熟悉的文字列，心情顿时平复不少。打从十四岁起，我就沉浸在这些文字之中。这正是老师遗留给我们的宝物。无比复杂、无比完美的信息素材原始码。

直到现在，我依然无法完全掌握这些文字列。

原始码的内容多达数百万行，我反复读了数百遍，却还是没办法通盘理解信息素材的信息元件网络系统。每一次细读，都会有新的发现、新的领悟。

与这些原始码对话，就是与老师对话。

所以说，那个首席执行官的认知并不正确。长年以来，我一直在与老师的分身说话。我跟老师相处的时间绝非仅仅一星期。自十四年前的那个夏天起，我就不断与老师的思想对话。我跟老师的关系比任何人都更加深刻、紧密。

不论何时何地，我都能与老师交谈。

对我而言，填满了整个启示视界的文字列就是老师。

"/redo_o"这串指令让我回过了神。

一看启示视界上的时间，竟然已过了两个小时。我不禁苦笑。与老师对话的时候，经常发生这种状况。太过专注于分析原始码，导致接收不到一切外在信息。

我轻啜一口已冷的咖啡。三缡泡的咖啡即使已经凉了，还是相当美味。或许不是味道问题，而是附加价值的问题。我再次将视线移回启示视窗上。

别人的做法我不清楚，但我在查看原始码的时候习惯同时使用左、右脑及电子叶。在理解上有时凭借理论，有时凭借图像，同时辅以电子叶进行搜寻及运算。换句话说，我惯于使用整个大脑来做这件事，这种专注的状态能带给我难以言喻的快感。

然而这么做有一个问题，那就是当理论与图像之间出现无法合拍的落差时，集中力就会瞬间瓦解。我看着眼前令我难以释怀的一串指令，不禁再次苦笑。

这其实只是个微不足道的指令疏失。原本该用"/feel_o"的地方，变成了"/redo_o"。这两个指令在执行上没有太大差异，若要勉强区分，只不过是后者的原始码会多一行。

事实上，在老师所写的这数百万行原始码之中，相同的疏失大约有二十多处。我几乎把全部内容都记在心里了，甚至可以如数家珍般地一一罗列出来。

我想象着老师撰写原始码时的样子。

老师可能比较习惯使用 redo 这个指令吧。但使用 redo 会多一行，因此当老师发现自己使用了 redo 时，大多会将它改掉。然而有时虽然发现自己使用了 redo，却因为写得太顺畅而懒得改，让这道指令就这么遗留了下来。事实上，redo 指令对程序运作没有丝毫影响，因此老师交出原始码后，这些 redo 指令并没有被改掉。或许只有最钻牛角尖的程序设计师，才会把这个当成一种疏失吧。世界虽大，或许只有我这么想。当然这也许只是我过于自我膨胀的想法。

这些疏失表现出的是人性的不完美，反而让我感到爱不释手，这种心情就好像是与情人说着悄悄话一般。

就在这时，办公室玻璃墙外传来敲打声。我一解除收信限制，立刻收到了来自三缟的信息。内容是文化厅所委托的旧建筑信息素材化模拟施工方案。我身为上司，需要确认内容并盖上电子印章。

我将模拟方案浏览了一遍。不愧是三缟，若以一般眼光来看，这个方案几乎没有缺点。但与老师的原始码相比，就显得拙劣许多。不过拿她跟老师比，对她有些太苛刻了。

我粗略看完之后，修改了几个地方，将方案退回给三缟，顺便让她再泡一杯咖啡给我。随后电子叶送出了这么一排关于古典女权运动的小知识："要求女职员泡茶为性别歧视。"包含这段信息在内，世

界上百分之九十九的信息都是垃圾。真正有用的信息少之又少，就跟
DNA 一样。

幸好三缟是个不拘泥于化石思维的新时代女性，她再度为我泡了
杯美味的咖啡。这次她端了两只杯子进来，看来她想接受我的指导。
于是我让她在我身旁坐下，借由公共层页给她上起了课。面对老师的
原始码时，我是个学生，但除此之外，我已有能力教导他人。这让我
不禁感慨光阴似箭，就算什么也不做，年纪也会逐年增加。

"木造建筑的信息素材化，必须以生物学的角度进行模拟，否则
会影响精确度。即使木材被砍下来，它仍然保有树木的本质。"

"你的意思是必须将水分的移动纳入计算之中？"

"不，没那么单纯。最好把这些木材都当成依然扎根在土里的
树木。"

我找出了一些生物模拟方案的论文，贴在启示视界上。三缟一脸
严肃地读完后，恭恭敬敬地对我鞠了个躬，说道："谢谢你的指导。"

从这方面的礼节就能看出她确实是个有教养的大小姐。虽然这跟
她平常动不动就抬脚的形象颇有出入，但或许这就是她的魅力吧。

"我的方案漏洞百出吗？"

"不，很少。在我们厅里，你是最少出错的人。"

"比你还少？"

"我是特例。"

"真是可恶。"

　　大小姐即使是在辱骂上司的时候，依然摆着大小姐的表情。不过我们的信息等级不同，所以这倒也不全是她的问题。

　　"我得怎么做才能超越你？"

　　"这些是老师所写的原始码，你只要能写出一样的东西，就超越我了。"

　　"老师……你指的是道终常一？"三缡皱起了眉头，"这根本是强人所难。"

　　"是吗？"

　　"请别拿我跟那个超越常识的天才相提并论。"

　　"没那回事，老师也是凡人。"

　　我从公共层页上的原始码中挑出刚刚注意到的部分，向她说明那是因为老师嫌麻烦而留下的一条较不适当的指令。

　　"哇……"

　　三缡用一副好奇的表情看着原始码。经我如此一说，她应该也能看得出那行指令确实不适当。但要从数百万行原始码中挑出这个疏失，大概只有我这个疯狂崇拜者才做得到。

　　"原来道终常一也会犯这样的错。"

　　"是啊。"

　　"我一直以为天才跟凡人不同，不会犯这种情绪造成的非理性疏失。"

　　"嗯，我原本也……"

我一句话说到一半，整个人傻住了。

"怎么了？"

"没什么……"

我感觉自己的大脑因遇上了某种不寻常的疑窦而停止运作。但电子叶没有任何异常。换句话说，停止运作的是我自己的脑。

"你想到什么了吗？"

我没有心思回答三缟的问题，自顾自地陷入了沉思。到底是什么让我感到如此难以释怀？

这种感觉……是矛盾。信息与信息之间产生了矛盾，两种信息南辕北辙。

老师是天才。

老师是不论我再努力多少年也追赶不上的天才。

而我却找到了老师的数个疏失，并且把这件事告诉了三缟。

没错，就是这里。

问题的症结就在这里。我找到了矛盾之处。

我能做到的事……

老师不可能做不到。

"审议官？"

"我先走了。"

"咦？"

"抱歉，其他事就交给你处理了。"

我无暇关上公共层页，迅速收拾了东西，快步走出办公空间。三缟不断在身后大吼大叫，一直到我走出厅舍为止，启示视界及启示听觉一再出现对我的辱骂，但我根本管不了那么多。我跳进自己的车子，以最快的速度回到了住处。

12

阴暗的房间里，唯有终端计算机隐隐发出震动。与计算机进行连线中的电子叶在启示视界上放出了数不尽的视窗，我一边以视线及头部的转动来切换层页，一边交叉使用键盘及手部动作，对数百万行的原始码进行了数百万次的扫描。

二十四处同义码。

我一一查看，想要找出老师留在信息素材原始码内的"人性"。

一到三十六字节的空白区域。

老师所写的数百万行原始码之中，偶尔会出现不同于一般正常写法的代码。这些误差并不会对整个系统的运作带来重大影响，只是撰写者的个人习惯。简单来说，只是一些因老师懒得修改而留下的无意义的痕迹。

四十九处替代指令。

但是……假如这些痕迹都带有意义呢？

一百零八处多重继承。

那些看起来像是懒得修改的不适当指令，以及那些无意义的空白区域，会不会其实都带着某种意义？倘若老师是个从不犯错的人，这个假设将推导出什么结论？只有像我这种将信息素材原始码审视过数百遍的人，才能感受到这个存在于心中的微妙矛盾，而这个矛盾又意味着什么？

我拼了命在原始码的大海里摸索，脸上却带着笑容。

为什么我直到今天才想通？为什么我一直把原始码内的缺陷当成老师的疏失？老师是个什么样的人，我心里很清楚，比任何人都清楚。为什么像我这样的人，还是对老师产生了这么大的误解？

这不是毋庸置疑的事情吗？

我所认识的道终老师，绝不可能犯下任何疏失。

我埋首于原始码中，把感到不太对劲的字符串全都挑了出来。信息与信息互相联系，慢慢拼凑成形，逐步更新我的检视方式。那就像是一些神秘、隐晦的暗语，藏身在完美无瑕的原始码之中。世上最丑陋的词句，却隐藏在世上最美的文章里。

天空逐渐泛起了鱼肚白。

下巴冒出了无数胡楂。

经过反复筛选之后，我得到了二十四个字码。

Kitamon shinshindo 10:00

（北门　进进堂　10:00）

13

我走在今出川路上，眺望着位于右手边的京都大学的校园景色。一切是如此熟悉。当初就读京都大学时，这条路不知走过了多少次。就在走到北部校区与本部校区的交界处时，我停下了脚步。前方有一间咖啡厅。建筑物以色泽明亮的砖块砌成，散发着 20 世纪的风格，看起来古色古香。

进进堂，京都大学北门店。

创业于昭和五年，拥有一百五十年历史的老字号咖啡厅。每天早上八点开始营业，店里总是挤满了前来吃早餐的学生。即使到了下午或傍晚，店内还是相当热闹。除了忙着写报告的学生之外，亦有不少是来这里稍事休息的教职员。在京大的师生之间，这家店可说是无人不知、无人不晓。

我推门走了进去。

店内四面全是灰泥木墙，整间店看起来就像是一栋古迹建筑。木头地板上排列着木制长桌及长椅，看起来不像是咖啡厅，反倒像是学校教室。

我在店内左右张望。此时已过了吃早餐的高峰时间，店内客人并不算多。一名中年男人一边喝着咖啡一边读着启示视界上的信息，两名女学生天南地北闲聊着。除此之外没有其他客人。

我挑了个座位坐下，瞧也没瞧饮品菜单，直接向走来的服务生点了一杯咖啡欧蕾。打从在学期间，这就是我的最爱。

我抬头望向吧台后方的墙壁。墙上挂着看起来已有百年历史的圆形时钟，如今依然正常转动着。九点四十四分。我一边等着饮料，一边揉着彻夜未眠的双眼。

我知道自己正在干一件蠢事。

花了一整晚的时间，我终于解开了隐藏在原始码内的"暗号"。不，那种东西根本不符合暗号的定义。暗号必须拥有一套严谨的解密程序。只要解密程序带有一丝一毫的不确定性，答案就会跟着受到影响，如此一来便不能称为暗号。由此看来，我所解开的那个东西根本不是暗号，因为解密的唯一依据是我个人的主观判断。

我所做的第一件事，是将我自己认为"老师应该不会这样写"的字符串全部挑出来。这是相当愚蠢的行为。光是"应该"这两个字，就会让所有人捧腹大笑。就连我自己也抱着这样的想法。若有人问我如何定义"老师应该不会这样写"的字符串，我也说不出个所以然来。因为这完全只是一种感觉。

但我在挑出这些字符串时，内心是非常笃定的。就好像搜寻指令一样，只有符合条件的字符串才会雀屏中选。

在我心中，有着一位我自己想象出来的老师，那就像是只属于我的老师。

在审视原始码的过程中，我的脑海中持续浮现出老师的身影，他不断告诉我"我会这么写""我不会这么写""这里只是偶然"及"这里是故意的"等等。我需要做的事，只是按照老师的指示行动。由于原始码实在太庞大，耗费了不少时间，但行为本身却是相当单纯。由此推导出的二十四个字码，组成了一句带有意义的句子。

北门，进进堂，十点。

于是我依照指示，来到了进进堂。

当然直到这一刻，我依然认为自己在干傻事。我完全想不出自己这么做到底有什么意义。

"10：00"这串数字就是个过于模糊不清的信息。我甚至无法肯定这指的是时间。就算真的是时间，也无法判断是早上还是晚上，亦不清楚这指的是何年何月何日。我以为自己可能遗漏了一些字码，所以最后又花了三个小时进行确认。我反复审视原始码，想要找出藏有年份或日期信息的字符串。但最后我什么也没找到。就只有那二十四个字，能够符合我心中的判断标准。若要挑出更多的字码，除非颠覆我心中奉为圭臬的思维模式。

如果这真的是一句隐藏在原始码中的暗号，老师真正想要传达这个信息的对象又是谁？

我可以肯定，世界上绝不可能有人能解出这个暗号。这无关天资聪颖或是驽钝，而是解题的方式本身实在太不合理。题目本身包含着一厢情愿且错综复杂的规则，却没有提供解谜者任何可循的线索。除非解谜者握有与出题者相同的随机数表密码，否则绝不可能解开谜底。

越是深思熟虑，我的结论便越接近一般常识。

这个结论就是"根本不存在所谓的题目，昨晚解出的暗号只是我凭空想象的产物，能够排列成读得通的词句也纯属巧合，没有任何意义"。

过于艰涩隐晦的解密方式。不知想要传达给谁的暗号。只有时间而没有年份日期的信息。这一切的一切，或许都只是一场荒谬的白日梦。对老师太过崇拜，加上过度使用电子麻药，让我产生了这些荒诞不经的想法。没错，一定是这样。

但我还是没放弃最后一丝希望，走进了这家店。

因为老师曾经在京大任教。因为我曾是京大的学生。

说到"北门的进进堂"，就只有这家咖啡厅。

服务生送上了咖啡欧蕾。杯子在桌上冒着腾腾热气，杯碟里放着搅拌勺及两颗方糖。我不禁心生感慨。毕业之后，已有数年没喝过这里的咖啡了。

"抱歉，我想请问一下……"

我叫住了正要离去的服务生。

"请说。"

"……每天早上大约十点钟，有没有一位年纪约七十岁的老人……"

一句话还没说完，店门忽然开了，我反射性地望向走进店内的人。

下一瞬间，我瞪大了双眼，惊愕地站了起来。

对方看见我，也微微有些吃惊。

但他旋即漾起笑容。

拥有最聪明头脑的人类，为世界奠定了网络基础，却从此消失了十四年的天才。

我人生的……

我的……

"老师……"

"很高兴见到你。"

道终常一老师就站在我面前。

时钟正指着九点五十五分。

专题研讨会的那个星期，老师曾带我去过一次进进堂。当时我点了咖啡欧蕾，而老师点了英式松饼套餐。如今相隔十四年，我与老师再度重逢，两人还是点了相同的东西。

老师已六十七岁了。十四年的时间，在他身上留下了明显的岁月痕迹。不管是刻画在皮肤上的年轮，还是每个动作的速度，都昭示着老师已是一位龙钟老人。

但老师依然是老师。下巴的胡须、凹陷的双颊及微带色彩的眼镜，都与当年毫无不同。我看着他，内心既怀念又紧张，仿佛回到了那年夏天与他初次相遇的那一刻。

"你升上了等级五？"

老师露出了和煦的微笑。

"嗯……去年终于升了。"

我一边回答，一边拼命思考着该对老师说些什么。想说的话很多，想问的问题更多。

"请问为什么是等级五，而不是等级六？"我的第一个问题，是众多令我百思不解的疑惑之一。

"等级六没有任何意义，那只是为了隐藏真相而特地设定的等级。"老师泰然自若地说道，"那是负责对各种信息赋予人为价值，也就是建立'市场价格'的一群人。就单以能做到的事来说，等级五就足够了。如果你无论如何想追求等级六，我也不会阻止你。但我必须提醒你，你的付出与收获将不成比例。"

我有些感动，不自觉地吁了一口气。自己所具备的知识，与老师的认知刚好合拍，这段对话令我心旷神怡。我不禁露出了笑容。没错，我正在跟老师说话。一股真实感迅速在体内扩散，渗透至每个角落。

"老师，你为什么突然失踪了？"

"因为我必须失踪。我做了一些事，非躲起来不可。"

"这跟窜改亚尔康企业的研究资料有关吗？"

"有关……他们找上信息厅了？"

"首席执行官亲自来了。他们似乎与警察厅联手，到处寻找老师的下落。老师，现在才问这句话，或许有些太迟了……你来到这个地方，不会泄漏行踪吗？"

我心里有些不安，忍不住在店内左顾右盼。虽然是百年老店，但店面本身依循现行建筑法规，已完成了信息素材化施工。分布于建材表面及内部的信息元件正不断对店内进行着监控。我拥有等级五的权限，能够操弄信息以防止自己的行踪外泄，但老师做不到这一点。

"老师，后来你是否移植了……"

"电子叶？没有。"老师回答得轻描淡写，"所以我得靠这玩意。"

老师卷起了一边的袖子。仔细一看，老师的手腕上有一枚用胶带固定着的正方形塑胶片，边长约两厘米。

"个人资料伪装装置？"

老师点了点头。

个人资料伪装装置是一种能够产生虚假个人资料的违法装置。拥有电子叶的人可以利用这种装置为自己建立虚假的标注资料，像老师这样没有电子叶的人也可以化身为一个拥有电子叶的人。由于生活周遭无时无刻都有信息素材监控着一切，即使是没有电子叶的人，信息素材也能依其躯体特征进行精确的身份辨识，因此老师唯有依靠这样的违法装置才能确保自己不被抓到。

"除了伪装型之外，还有防止自己的一切躯体特征遭撷取的阻隔型，但阻隔型的缺点是会与肉眼所见产生差异，因此要让自己不被发现，伪装型是最佳工具。"

老师一边看着手腕一边呢喃道。我试着用电子叶确认周边状况。根据信息素材搜集到的店内资讯，此时坐在这里的是拥有等级五身份且个人资料受到保护的我，以及五十八岁的自营业者"菲泽厚"。看来伪装装置正在发挥作用。即使是在市区内的咖啡厅里与老师闲谈，也不会惊动警察。

"亚尔康的人对你说了些什么？"老师问。

"他们说老师夺走了他们公司的研究成果后逃逸无踪。把你抓回来之后，将提起企业诉讼。"

"诉讼？听起来像是一场儿戏。"老师露出戏谑的笑容。

"他们还说正在对遭到删除的资料进行修复……"

"这确实是有可能做得到的事。亚尔康企业拥有速度相当快的量子计算机……不过恐怕得花上相当长的时间。"

老师脸上带着一副看好戏的表情。

现实中的老师，与记忆中的老师重叠在一起。十四年前的那个夏天，老师对我畅谈世界信息化潮流，向我说明了公开信息的理念。在我的记忆里，老师是最纯真的科学家。

种种往事不断搔动着我的心头。

老师真的是个让我捉摸不透的人。

"看你的表情，似乎有很多话想问我。"

听到这句话，我忍不住凝视着老师。

"能回答的问题，我会尽量回答你。"

老师接着说道。他也看着我。

"我实在不了解……"

"不了解什么？"

"老师……我不了解老师你……"

太多的疑问，令我的思绪乱成了一团。

"老师，你为什么在信息素材的网络系统里遗留下了'失衡'的问题？现在我们使用的网络，基于信息元件的基本架构，有着无可避免的速度差异，而这个差异衍生出了信息阶级的问题。如今法律上规定的'信息等级'，也是由此而来。老师，凭你的技术，当初应该有办法排除这个问题，不是吗？"

"…………"

"现在的信息等级社会，跟老师所追求的公开信息理念背道而驰。信息全由上层的经济强权独占，位居下层的人全成了信息的弱势族群。这根本称不上自由，只是个单纯的功利主义社会。难道……是为了钱吗？为了持续进行科研，需要庞大的资金？老师，难道你已向现实屈服，抛弃了自己的信念与理想吗？"

我有如连珠炮般说出了心中的质疑。

"我无法理解的事情，还不止这个。老师，你成功让信息素材及电子叶进入实用阶段，在学术界拥有难以撼动的崇高地位。像你这样的世界级启蒙导师，接下来要做什么样的研究应该都不成问题才对。但你却选择销声匿迹。为什么？获得这一切，不正是你的目的吗？好不容易得到了资金、地位及研究环境，为什么你却一走了之？难道是信息素材及电子叶的成功，已让你获得了满足，不想再继续做研究了？

倘若真是如此，你从亚尔康企业内部删除掉的那些资料又是什么？这十四年来，你到底去了哪里，做了些什么事？"

想问的问题如涌泉般不断涌出。我就像个幼稚的孩童，对着成年人不断诘问。

"还有……那个信息素材原始码里的暗号又是怎么回事？你想把那个信息传达给谁？你到底想要叫谁在这个时间，来到这里跟你见面？老师……老师你……"

我终于说出了心中最大的疑问："你到底想要做什么？"

在老师面前，我只是个学生。当年是这样，现在也是这样。我直率地向老师说出了最真切的心情。

"老师，我想知道答案，请你回答我。"

"'求知'是人性最根本的欲望。"老师咕哝着说道，"你问的这些问题，有的我能回答，有的不行。我只能告诉你，我想做的事情从以前到现在都没有改变。首先建立假说，接着寻求验证方法，最后加以实践。Methods and Practice……就跟你一样。"

"跟我一样？"

"想找出答案。"

老师推了推眼镜。

"御野，'求知'是人性最根本的欲望。"老师以一对深藏在淡色镜片后的双眸注视着我，"你若有时间，就陪我去个地方吧。"

14

老师驾驶着车子，自京都市的东侧往西横越了市区。

这是一辆相当老旧的车。我已经很久没有看到这种必须自己打方向灯的车了。借由电子叶的搜寻，我确认了这辆车的出厂年份。这是一辆年纪超过三十岁的古董车。

"我很想换车，但毕竟我过的是躲躲藏藏的日子，不能开太好的车。"老师呢喃说道。

我坐在副驾驶座上点了点头。老师绝对不缺钱。不管是信息素材或是电子叶，老师都握有多项专利。或许这些钱还不足以让老师进行大规模的研究，但拿来过奢侈的生活却是绰绰有余。

"为什么不在车上也设置伪装系统？"

"那么做或许能在车籍资料上蒙混过去，然而一旦开在路上，懂车的人一看就知道这辆车不是车籍资料里登记的那辆车。就这点而言，车的伪装比人的伪装要困难得多。毕竟爱车的人很多，对别人的长相有兴趣的人却很少。多亏了这个点，我才能躲藏十四年。"老师呵呵地笑了。

这么说倒也没错。现在这个年代，每个人都对标注信息深信不疑。毕竟在日常生活中遇上伪装装置的机会少之又少，因此根本没有必要对信息疑神疑鬼。

"要藏一样东西，就要藏在许多类似的东西里头。车子要选出厂数目最多的车型，人也是一样。该选择的不是刚好在中间的'中位数'，而是数量最多的'众数'。只要站在'搜寻'的立场来思考，就很好理解了。这是一种将特定事物从众多事物中挑选出来的行为，因此想要加以妨碍，最好的办法就是让筛选的条件变得模糊。"

"这就是'藏树于林'的道理？"

"你的文学造诣比我高得多。"

老师轻描淡写地赞美了我。虽然只是随口一句话，已足以让我感到无比欣喜。

车子自今出川路转进西大路，到了丸太町路又向西行。启示视界上的道路信息显示为"花园、太秦地区"。

"要去哪里？"

"岚山，我的住处。"

"岚山……老师一直住在那里？"

老师点了点头。我不禁大为吃惊。他自京都失踪，竟然就躲在距离京都车站只要三十分钟车程的岚山，而且一躲就是十四年。就算佩戴了伪装装置，这种事真的有可能做得到吗？

"这就是'藏树于林'的道理，对吧？"

老师露出了戏谑的表情。即使再怎么感到匪夷所思，我也只能接受这个现实。

"我们前往老师府上的目的是……"

"这个嘛……"车子停下来等红灯，老师放开了方向盘，说道，"有样东西想让你瞧一瞧。为了这个东西，我花了十四年的时间。"

"让老师耗费十四年的东西……"

"但是在那之前……"老师转头望着我，"我们先来上一课吧。"

"上课？"

"是啊，好久没上了。"

老师笑着说道。此时老师的表情，仿佛回到了十四年前。

我心跳微微加速。心灵仿佛脱离了肉体，回到了十四年前的那一天。

"我还有很多想教你的事。"老师说道。

"嗯……"十四岁的我点了点头。

信号灯转变为绿色，车子再度开始前进。

15

电子叶不断回报我所在的位置。车子经过岚山车站，继续往山上行驶，两旁的住宅逐渐减少。不一会儿，老师打了方向灯，将车子开进了一道栅栏内。

看起来似乎是一家幼儿园。

周围围着白色铁条排成的栅栏，园内颇为宽广，除了两三栋平房建筑之外，中央还有一片操场。老师将车子停进了操场前的停车位。

除了老师的车子之外，旁边还停着一辆大型巴士。

下了车之后，我抬头望向建筑物。借由眼睛所取得的视觉信息，以及现在的所在位置，通过电子叶确认这座设施的各项信息。

"幼儿园？"

根据从网络上搜索来的信息，这里确实如我所见，是一家以照顾孩子为宗旨的社会福利机构。

"这里是'柿木园'。至于其他信息，你应该能查到。"

老师一边说一边迈步前进。我跟在后头，依着老师的指示搜集信息。

"柿木园"

二零六八年九月　位于京都市右京区嵯峨小仓山的学前教育机构"柿木园"的营运申请获得批准。

二零六九年一月　主建筑及儿童养护楼完工。

二零七一年二月　短期居留楼及学习楼完工。

二零七八年九月　自立训练楼增建完工。

园长一名、办事员一名、幼教老师三名、营养师一名

在籍儿童　十四名（男八名、女六名）

我迅速读完了启示视界上的简易资料。这是一家小规模的幼儿园，专门收容无家可归的孩童。创建年份为十三年前，刚好是老师失踪的

隔年。

我利用等级五的权限设法取得更详尽的信息。除了官方网站上的公开信息之外，网络之海里还有不少关于这座设施的小道消息。"柿木园"获得周边居民相当高的评价，与区公所也维持着良好关系。园长是菲泽厚，正是老师设定在个人资料伪装装置内的假名。

"老师……你开了一家幼儿园？"我走到老师身旁问道。

"是啊。"

"自从失踪之后，你就一直经营着这家幼儿园？"

"孩子们都叫我园长老师。"

我惊愕地瞪大了双眼。一位为世界带来变革的启蒙导师，一位拥有最聪明头脑的天才，竟然在京都的郊区与一群孩子腻在一起十四年。这实在是太令人难以置信。

"请问……为什么老师要做这种事？"

老师笑而不答。

我们走进了装潢颇为别致的平房建筑内。一踏进门，我更是思绪大乱。十几名孩童聚集在门口的鞋柜附近，乱哄哄的相当嘈杂。年纪小的只有两三岁，大的则看起来像初中生，有男有女，各自嬉笑、逗闹着。一名看起来像幼教老师的年轻男人正在催促孩子们穿鞋。老师向那个男人喊了一声，男人回应道："啊，园长老师！我们正要出发呢。"

"麻烦你多费心了。"

"没问题，今天我会跟对方好好说清楚。好了，大家听话，快坐上巴士。园长老师，我先走了。"

幼教老师低头鞠躬后，将孩子们带出了门外。几名孩童朝着巴士奔过去，一名看起来像是初中生的女孩子急忙喊道："危险，别跑！"

我刻意将视线自那女孩子身上移开，问道："他们要去远足吗？"

"不是……孩子们不在，我们刚好可以静下心来说话，平常要找到这么安静的时间可不容易。"

"原来如此……"

我望着那群逐渐远去的孩子，问道："老师，这些孩子们都是……"

"嗯？是啊……他们都是等级零。"老师也转头望向孩子们。

老师的回答印证了我的想法。刚刚擦身而过时，所有孩子们的个人信息宛如泉水般涌现在我的启示视界上。这十四名孩童全都是等级零。

我心里明白，这是毋庸置疑的事。他们都是幼儿园收养的孩子。有些失去了双亲，有些则是因故无法留在双亲身边。孩子们的遭遇各有不同，却有个共通点，那就是他们必须依靠社会援助过活，他们属于经济上的弱势族群。

既然只能获得最低限度的生活保障，当然也只能得到相应的信息等级。就像住在贺茂川旁的"聚落"里的孩子们一样，这家幼儿园的孩子们的个人资料也只受到最低限度的保护。换句话说，他们的个人资料是几乎完全公开的信息，那名正值青春期的少女也一样。

我看了一眼公共层页上的资料，年纪最大的女孩今年十四岁。明知无能为力，心中却免不了有几分同情。

此时，老师突然开口说道："我只要支付一些费用，就可以把那些孩子们的等级从零提升至二，但我不能这么做。住在幼儿园的孩童若具有等级二身份，肯定会引起注意，这会造成我的困扰。"

"是，我明白。"

"还有一点，你可能有些误会。"老师转头望着我说道，"等级零其实并没有你想的那么糟。"

"等级零……并不糟？"

"是啊，单以资讯取得这一点来看，等级零能做的事最少，几乎无法取得有用的信息，电子叶及信息素材能提供的帮助也微乎其微。但反过来说，等级零有着信息最公开透明的特性，任何人都能取得，这是等级零的优点。"

"优点？"

在我看来有害无益的事情，老师却斩钉截铁地称之为优点。

"信息的公开是很重要的事。御野，抛开上课这件事，我想先回答你刚刚的问题。"

"咦？"

"你刚刚这么问我……现在的信息阶级社会，与信息自由的理想背道而驰，这不是违反我的信念吗？"

我点了点头。老师接着说道："现在的社会确实有着信息阶级的歧视问题，信息的分配状况并不平均。但这只是暂时性的失衡现象，将来会慢慢消失。到了五十年、一百年后，人类将进入一个有全新价值观的时代，信息阶级将成为过去式，分配不均的问题也会完全消失。但是，御野……"

"是。"

"这些一点也不重要。"

"咦？"

"我所追求的信息自由，并不是一种套用在社会上的观念。例如现在是信息阶级社会，而将来会成为信息自由社会，这些社会局势的变化都只是附带结果之一。我们甚至可以说，以长远的眼光来看，现在的阶级歧视反而是件好事。这是达成我所追求的信息自由的捷径，更是唯一的选择。"

"请问……这是什么意思？"

老师露出了淡淡的微笑。

"好了，我们开始上课吧。"

16

"介观回路。"

老师说着，在白板写下了这个名词。

幼儿园的大教室里，老师正在给我"上课"。

严格说来，这里是娱乐室。内部装潢以明亮的色彩为主，风琴立在墙边，地上铺着宛如学校一般的油毡地板，很明显这里是设计给孩子们使用的空间。面对操场的方向，是一整片的玻璃拉门。来时见到的那辆大型巴士，已载着孩子们不知去了哪里。

室内中央摆着一张单人书桌，我就坐在桌边，简直像个小学生。老师站在我的正前方，身旁有张过去遗留下来的白板。我看着那面白板，往事不禁浮上心头。老师没有移植电子叶，所以上课时总使用这种"最原始的启示装置"。

"这是'介观神经回路'的简称。"老师接着说道。

我全神贯注地听着老师的话。

"'介观回路'是一种由大脑神经细胞所组成的回路，每组回路都是大脑信息处理机制的基本单位。由于它介于神经细胞层级的微观机制及脑叶或整个脑的宏观机制之间，因此称为介观回路。介观的英文是 mesoscopic，意思就是'中间的'。大脑会在成长过程中建构介观回路，并在存活期间里不断更新回路的内容。"

"有没有办法给它一个更具体的定义？"

我突然抛出了这样的问题。这就是我与老师的对话方式。

"或许我们在条件的设定上应该给予一些模糊空间。例如介观回路是由几个神经细胞组成，或是介观回路属于哪个脑域等，都是不正确的定义。介观回路是一种只能借由机能来定义的概念，因此规模有小有大，如果要勉强加以规范，将会偏离概念的本质。介观回路存在于脑域、小回路网、超微细结构等各种层级，而且互相会造成影响。

要分析介观回路的机能，往往不能只监测一组回路，而是必须对数组回路同时进行监测。只有秉持贝斯三次元重建理论及多峰分布理论，才能看清介观回路的全貌。"

"你指的是云端概念？"

"你的解读相当正确。"

老师笑着肯定了我的推测。对于老师所教给我的知识，我自认为有一定的理解，而听了我的一句话，老师也理解了我想表达的意思。这种"心领神会"的感觉促进了内啡肽的分泌，带给我最原始的欢愉。

"虽然这样的解读方式很正确，但介观回路的机制和机能要复杂得多。"

老师在白板上画了一个圆圈。

"假设一个圆代表一组介观回路。"

老师说着，又画了一个圆。接着是第三个，与前两个圆重叠。就这样大小不等的圆圈越画越多，而且复杂地纠结在一起。

"一组介观回路可能是其他介观回路的一部分，大的介观回路里可能包含许多小的介观回路。

这些介观回路层层交叠，建立起机能性的联系关系，而且所有回路都持续进行着多点并行式的活动。光是我现在画的二次元模式图，看起来就相当复杂，更何况是建立起三次元关系的大脑，复杂的程度更是呈几何倍数增加。大脑内部所囤积的信息，恐怕远比你所想的还多得多，而且会随着时间不断变化。御野，你能想象那是什么状况吗？"

"要作出具体的想象，恐怕有着本质上的瓶颈……"我露出了求饶的窝囊表情，"以大脑来思考大脑的结构，这已是哲学的范畴。"

"哲学是最先进的科学。"老师喜滋滋地说道，"若依照你提出的概念，就意味着我无法想象那个状况，但你可以。因为你除了大脑之外，还拥有电子叶。"

"这么说……也有道理。"

我顿时有种被老师将了一军的感觉。既然多了电子叶这个工具，确实可以自"脑外"思考大脑的问题。当然若要我实际做做看，我只能举手投降。

"有点跑题了，现在我们回到正题。"老师转头面向白板，接着说道，"人的大脑从一出生就开始建构介观回路，而且结构会越来越复杂。由于大脑并不是一种以追求最正确答案为目的的装置，因此有时候也会建构出缓慢或毫无意义的介观回路。这一类回路不断累积，便造就出了每个人不同的个性。御野，我相信你也有一些个人的习惯吧？"

"习惯吗？"

经老师这么一提，我旋即想到了一些自己的习惯动作。例如当我在打字时，如果偶然停下动作，手指会不由自主地轻敲 F 键及 D 键。

"这些琐碎的习惯性动作，正是来自长年累积而变得极度复杂的介观回路。所谓的个性，我们可以将它当成一种脑部神经的介观性错乱所呈现出来的外在表征。就好比我在白板上画的这些乱成一团的圆形图案，这也是一种个性。"

老师说到这里，忽然加重了语气。

"总之我想表达的一点，是介观回路实在太过复杂，而且是一种会随着时间变化的系统，没有办法靠简单的方式加以解析。要处理这种三次元结构中呈现几何倍数增加的资料，一般的计算机是做不到的。不管是建立模型或是进行模拟，都得使用量子计算机，而且必须是目前性能最强的超级量子计算机。"

"老师，这就是你失踪前所做的研究？"我忍不住追问，"你想要制造出一台能够解析大脑的量子计算机？"

"只要有一台速度够快的机器，以及一套高效率的大脑量子运算法则，解析大脑就不再是天方夜谭。"

"这意味着机器能看穿人心？"

老师眉飞色舞地说道："看穿人心只是小意思。"

这堂课一直持续到了下午。他不需要休息，我当然也不需要。我只想一直与老师对谈下去，直到耗尽体内负责搬运能量的三磷酸腺苷。

"御野，真亏你能解开那个暗号。"

暗号？我一听到这个字眼，顿时皱起了眉头。

正是那组暗号，让我成功与老师重逢。但那暗号实在太过隐晦，除了像我这种崇拜道终老师的狂热分子之外，不知还有谁解得开。

"那算是暗号吗？有谁解得开那种东西？"我忍不住说道。

"你不是解开了吗？"

"天底下大概只有我解得开。"我心里感到既厌恶又有几分骄傲，"只有像我这种整天想着老师的人，才能发现原始码里的蹊跷。若不是对老师的习惯与信念有着全盘理解，绝对不会察觉到那些疏失是故意留下的线索。"

"没错，我留下的正是那样的暗号。"

"什么意思？"

"一组成功的暗号，必须取得平衡。"老师伸出双手，象征天秤的两端，"一方面必须解得出来，一方面却又不能被轻易解出来。这两者的平衡相当重要。当我在信息素材的原始码里留下暗号时，如果是任何人都看得出来的简单暗号，马上就会被删去。因为对系统而言，那是不必要的字符串。"

我点头同意。那些原始码是全世界网络系统的基础，一旦被人发现里头藏有私人信息，一定会遭到删除。

"反过来说，只要隐藏得够完美，不让任何人发现，暗号就能保存下来。在没有人知道的情况下，持续存在于原始码内。但如此一来，暗号将没有被解开的一天。没有人察觉暗号的存在，当然也不会有人试着解开暗号。即使暗号一直留着，也没有任何意义。"

我再度点头。老师藏在原始码内的暗号正是这种状况。没有人发现，自然也没有人解开。

"现在你明白了吧？"

"咦？"

我狐疑地抬起了头，发现老师正凝视着我。

"我要的就是这样的暗号。没有人能发现，除了某个十四年来不曾将我遗忘的狂热学生之外。"

霎时间，我心里一紧，感到毛骨悚然。

一股寒意自后颈传入背脊，宛如被人灌入了冰水一般。半晌之后，大脑才恢复思考。

这个人……真是太可怕了……

"销声匿迹前的最后一次更新，我偷偷将暗号藏进了原始码里。我记得……大约是在那年夏天的专题研讨会结束的前两天吧。"

"这么说来……"我以颤抖的声音问道，"那是写给我的暗号？"

"我很高兴它发挥了作用。"

我笑了起来。除了笑之外，我实在不知道此时该做出什么样的反应。有谁能预料到这样的真相？我感觉自己跟老师之间，仿佛有着一道深不见底的鸿沟。这与有无电子叶无关。我与老师似乎在大脑结构上就有着明显的差异。

"记住这套暗号的设计手法，或许有一天你会用到它。"老师说得浑若无事，"这利用了个人的习惯与偏好，具有极强的隐匿性，缺点是译码需要花较长的时间。"

"十四年未免太长了点……我不认为这是一套实用的技术。"

"这么说也对，不过……"

老师微微睁大双眼，注视着我的脸。室内的灯光让老师的瞳孔熠熠发亮。

"如果世界上有个人能够在一瞬间想通你花了十四年才想通的事情，对那个人而言，这就是一套有用的系统。"

我细细咀嚼老师这句话，应了一声"是啊"。

老师以宛如做着白日梦的眼神，说着宛如白日梦的话。

玻璃拉门外的操场逐渐被夕阳染成了橘红色。不知不觉太阳即将下山。

我与老师交谈了超过五小时。老师转头望向窗外说道："应该快回来了。"

我突然想起那群搭巴士外出的孩子。没错，这里是一家幼儿园。一旦那些吵吵闹闹的孩子们归来，我与老师的"这堂课"也将宣告结束。

内心骤然袭来一阵寂寞。

这么多年来，我一直好想再上一次老师的课，好想再次与老师说话。我下意识地对老师投以无助的眼神，老师似乎明白了我的心思，却露出残酷的微笑，说道："现在我要告诉你最后一件事。这是今天这堂课的总结，同时也是我这个人的总结。"

"老师这个人的……总结？"

"不会花你太多时间，希望你仔细听。"

我用力点了点头。既然是这么重要的事，当然要认真听。

　　老师从容不迫地侃侃说道："我在二十多岁时，设计出了信息素材的网络系统。利用散布于整体都市结构的信息元件，构建出一个大规模的自立型信息网路。其基础概念是在同时并行且无内部差异的前提下建构起三次元领域的网络系统，说得更简单点，就是模拟人类的大脑。"

　　我一边听，一边轻点视线，表示同意。这是我原本就知道的事。信息素材所形成的网络活动与大脑极为相似，而且老师刻意在系统中留下了无法消除的失衡要素，因此严格说来这并不是一套完美的系统。

　　"就跟人类的大脑一样，网络在诞生之后，便会持续自行成长。网络之中的每个环节都会产生我今天教过你的介观回路，而且这大量的介观回路会互相影响。信息素材的网络诞生至今已超过四十年，若从初期网络的诞生来计算，更是已有一百多年的历史，如今的信息网络可说是已有着相当严重的介观性错乱现象。"

　　"老师，你的意思是整个网络形成了一个大脑？"

　　"不，网络与大脑的差别，在于网络并非挤在一个有限的空间之中。网络活动虽然与大脑相似，却不会因此而产生意识。然而随着介观性错乱的恶化，会逐渐出现一些非人为的'失衡'状况。说得更明白点，就是会开始出现'个性'，你能想象吗？"

　　老师的这番解释，与我当初的推测如出一辙。

　　全世界的网络系统都有着一些自然产生的"习惯"。以家里的终端计算机为例，经过长期使用之后，自然会出现特别偏重于某些领域的状况。若将范围扩大至整个网络，将可找到数也数不清的类似例子。

"御野，若我们想排除这些网络上的'习惯'，你认为该怎么做？"

"除非放弃模拟大脑结构。"我说出了心里早已有的答案，"但这得在开始构建系统之前……如今全世界的信息素材网络已有四十年历史，若想要从头来过，势必得将所有建筑物及道路全部拆除，这几乎是不可能的事。"

我对这个结论相当有自信。老师口中所说的"习惯"，是网络系统在模拟大脑活动时一定会产生的堆积物。这些"习惯"源自系统本身错综复杂的相互影响，若要加以排除，唯一的办法是放弃这整套网络系统。

"没错，我们无法单独排除这些'习惯'，而且甚至没办法找出哪个部分是'习惯'。就像你所解开的暗号一样。正因有了长达十四年的经验累积，你才能够辨别我的习惯。网络上也存在着相同性质的'习惯'，但是其数量及困难程度却与你所解开的暗号有着天壤之别。因此没有人能分辨，没有人能解析。不过……"老师凝视着我的眼睛，缓缓说道，"但如果有人能解得开，对这个人而言，这些'习惯'就会成为一条条'密道'。你解开了我的暗号，就意味着通过了'密道'，从而成功找到了我。同样的道理，能够解析网络'习惯'的人，就能够利用'密道'通往任何地方，这就是网络本身存在的弱点。"

"弱点？"

"而且没有人能够消除这些弱点。就像你自己说的，这些'习惯'

是无可避免的堆积物，想要加以移除，除非舍弃整个网络。御野，现在你领悟了吗？网络上这些所谓的'习惯'，其实就是……"老师顿了一下，接着眼含笑意地说道，"绝对无法排除的安全性漏洞。"

"安全性漏洞？"

我下意识地开始思考这句话的深意。我的直觉在告诉我，老师此番发言别有用心。我绞尽脑汁，试图摸清老师内心的想法。老师建立的网络系统中的"习惯"，真的会成为没有人能加以排除的安全性漏洞吗？

不，等等……

"老师，就像你自己说的，没有人能够精确地解析出这些'习惯'。既然如此，当然也不存在所谓安全性漏洞的问题。因为没有人解得开，就没有人能利用它。既然我花了十四年的时间才解开你专门为我而设计的暗号，更何况是那些自然产生的介观性错乱。就算花上数十年、数百年，甚至是数千年也解不开吧。老师所说的安全性漏洞，确实是网络系统上的缺陷，但世界上没有人有办法利用这些缺陷……"

"我的结论跟你一样。"

"咦？"

就在这时，外面传来了一阵沙沙声。一辆出租车驶进了操场的碎石地面。车子停稳后，一名女孩下了车。

我认出了她的衣服。她是幼儿园收留的孩子之一。是上午与其他孩童一同搭巴士离开的那个女初中生。此时她朝着这栋建筑物的方向走来，她绕往大门的方向，通过窗户已看不见她的身影。

"我在四十多岁时研发出了电子叶。"

老师的声音令我愕然回神。

"电子叶提升了人脑的信息搜集能力与处理能力。以现实面来看，人类的信息处理能力确实有着显著提升。而且接下来还会继续提升下去。但是当时的我，看得比这更远一些。"

"你指的是……比电子叶的影响更加深远？"

"在藏匿行踪之前，我利用两台量子计算机进行着某种研究。一台在京都大学，另一台则在亚尔康企业的研发机构。我利用大学那台建立理论基础，并利用亚尔康企业那台进行硬件测试。就在试用版完成之后，我带走了研究成果，从此躲了起来。"

老师说的每一句话逐渐在我心中拼凑成形。那声音正对我循循善诱，试图把我的思绪引导至正确的结论上。

走廊里传来了脚步声。

"最后我开设了这家幼儿园，经营了长达十四年的时间。如今我终于可以卸下这个担子了。"

"卸下这个担子？"

脚步声越来越近。哒、哒、哒……

"你不是看见那些孩子们搭巴士离开了吗？我把他们都转到其他幼儿园去了。'柿木园'将从今天起结束运营，我已经履行了我的职责。"

"老师的……职责？"

"藏树于林。"

教室的拉门开了。

刚刚下车的那名初中少女，就站在门外。

少女有着一头黑色长发，身上穿着学生制服，裙摆颇长。表情和举止看起来有些僵硬。她宛若一具昂贵的人偶，踏着高雅的步伐进入了室内。

就在这时，我的电子叶撷取到了大量信息。等级零的少女，个人资料几乎不受保护，电子叶毫不留情地将其信息一一显示在启示视界上。

十四岁。

道终知。

"御野，这就是你想知道的答案。"

"咦？"

"这孩子就是我的目的。"

老师露出了一脸终于卸下重任的安心神情，说道："她的大脑里移植了'量子叶'……也就是以量子计算机制成的电子叶。她拥有全世界最强的资料处理能力。唯有她，能够随心所欲地利用网络上的所有安全性漏洞。"

我惊愕地瞪大了双眼。

一个拥有全世界最强资料处理能力的人类。

一个有办法取得全世界任何信息的人类。

老师……老师……

你为什么要做出这种事？

"若要以你们政府机关制定的信息阶级来定义，或许可以将她视为……"

"等级九。"

九……

九？

等级九？！

我的思绪就像一团乱麻。世界上根本没有那种东西。没有所谓的等级九。这名少女的等级是零。但是……倘若真如老师所言，这名少女能够进入全世界网络系统的任何角落，能够随心所欲地取得世界上任何信息，或许称之为等级九也不为过……

"爸爸……"

少女的这句话吓了我一跳。

她走向老师，依偎在老师怀里，轻轻地搂住了老师的胸膛。

泪水自她的眼角滑落。

老师轻抚着少女的头。

"御野。"

"啊……是。"

"接下来的事就拜托你了。我就是为了这个，才把你找来这里。"

"接下来的事？请问那是什么意思？"

老师抓住少女的肩膀，将她轻轻拉开。

"爸爸……"

老师对着少女露出温柔的笑容，接着转头朝我望来。

"科学所追求的是什么？"

老师突然对我抛出了问题。

我努力地思考答案，使尽浑身解数。

但我回答不出来。

从第一次邂逅起，一直到现在这一刻，我从来不曾真正追赶上老师的步伐。

"答案是'知道一切'。"

说完，老师从怀里掏出一块黑色物体。在我察觉到那是一把手枪前，老师已将枪口对准自己的太阳穴，说了一句"我先走了"，随即扣下了扳机。

白板和油毡地板被鲜血染成了红色。我愣愣地看着这一幕，一动也不能动。

那名陌生的少女——道终知，就站在我身旁。

面对如此残酷的景象，她却没有表现出激动的情绪，只是静静地站着。原本挂在脸颊上的泪珠也已经干了。她仿佛是打从心底接纳了眼前的惨剧。

简直像是……

早已知道了一切。

II. 少年

K N O W

1

眼前是淡灰色的房间。

房间不算小,约四十平方米。但除了一张桌子及两张椅子之外,什么也没有。从单色的墙壁和地板上,无法获得任何信息。门也是灰色的,几乎与墙壁融为一体。若是视力较差的人,可能会搞不清楚自己当初是从哪个方向走进了这间房间。这里设计得如此枯燥死板,目的就在于不对里面的人造成无谓的精神上的影响。这间房间的名称,叫审讯室。

"看来应该是……自杀没错。"

坐在我正前方的刑警咕哝道。

负责向我问话的是名中年刑警,体格颇为矮小,大约只有一米六五。我本来以为刑警都人高马大的,但事实似乎并非如此。眼前这个中年人穿着一件皱巴巴的衬衫和西装外套,确实颇有刑警的味道。经典港片里的刑警大多都穿这样的服装,没想到现实生活中的刑警也大同小异。

"不过……虽然是死者自行扣下了扳机,还是不能就此认定百分之百不是谋杀。这年头每个人脑袋里都装了机器，我们偶尔会遇到利用这个机器来巧妙地进行谋杀的案子。"刑警指了指自己的头，接着说道，"例如强迫死者观看某种可怕的影像……或是使用电子叶毒品。"

"这我很清楚，我们信息厅也非常重视这件事。"

"你能够理解，真是太好了。你我吃的都是公家饭，我不是故意要找你碴。这是我的工作，请你见谅。"

刑警阅读起了自己的启示视界。多半上头有着笔录之类的信息吧。由于那并非公共层页，我无法得知他读的是什么。从视线的移动方式可以看得出，这名中年刑警对电子叶的使用并不熟练。不过年纪超过四十岁的人，大多都难以适应电子叶。

"我再确认一次……你与道终常一已有十四年没见，却在上星期接到他的来信？"

中年刑警抬头问我。

"没错。"

"电子邮件？"

"对。"

"但我们查不到记录。"

"老师既然想藏匿行踪，当然不会留下记录。"

"消除电子邮件的往来记录应该不容易吧？"

"对老师来说一点也不难。"

"真不愧是高人……"刑警以调侃的语气说道，"你那边也没留下？"

"我以为老师想跟我谈什么秘密，所以删掉了。"

"喔……"

刑警刻意夸张地对我露出怀疑的眼神。那态度令我十分不悦，但更让我不舒服的是这个空间。

审讯室内的信息元件密度非常高。不管是天花板、墙壁或地板，建材中所含有的信息元件数量都远超于大街上。这些信息元件，对室内所有人的一举一动进行着严密监控。

表面上说是追求"审讯过程公开透明化"，但说穿了就是把整间房间当成了测谎仪。虽然无法百分之百看穿受审者的内心想法，却可以实时掌握脉搏、体温的变化及肉眼不容易看出的细微可疑举动。这些信息都会实时传给室内的刑警，使刑警在"恫吓逼供"时更加如鱼得水。

当然，我在公家机关混了这么多年，还不至于为这种事而手足无措。不过来自每个角落的冰冷视线还是让我心里有些发毛。

"道终常一把你叫了出去，然后带你去了幼儿园？"刑警看着启示视界的笔录说，"他要你……收养一个孩子？"

"是啊，一个初中女孩。其他孩子都已转院了，唯独这个女孩，老师希望我能收留她。"

"他为什么会提出这样的要求？"

"听说那女孩长大后想进信息厅工作，所以老师想起了我……老师还说，这女孩马上就要参加高中考试，现在正是敏感时期，在安置上需要特别谨慎小心……"

"怎么会把一个正值敏感时期的初中女生，交给男人抚养？"

"我也是一头雾水。老师从以前就很古怪，若不是这样的人，也不会偷偷躲起来开一家幼儿园。"

"这么说也对……你答应他了？"

"这要求太唐突了，我正在烦恼……没想到竟然发生这种事，这下子想不答应也不行了。"

"因为是遗言吗？毕竟在眼前挂掉……啊，抱歉。他是你的恩师，我不该用这种字眼。是我思虑不周，请见谅。"

刑警装模作样地对我鞠躬道歉。我被他这么一激，脸颊不由得抽搐了一下，这个表情一定也被记录下来了。

"回到正题……你会按他说的做吗？"

"应该会吧。只要那女孩不排斥。"

"那女孩正在另一间房间接受问话，她本人好像挺想跟你一起生活。不过有可能是初逢巨变，还没办法冷静思考。"刑警突然重重吁了口气，接着说道，"好吧，就问到这里好了。你的证词跟那女孩说的并没有出入，跟幼教老师说的也完全相符。根据我们搜集到的证词，这位自杀的道终先生确实是个怪人。这种事有时就是没有道理可言。真是不好意思，你的熟人刚过世，我们还把你找来问东问西，望海涵。"

"别这么客气，我们都是吃公家饭的。"

"哈哈……"

中年刑警干笑了几声。我起身，心里暗想，难道当上刑警后，言行举止就会变得这么做作？

"御野先生，你是等级五？"

"嗯？啊……对。"

"我还是第一次在审讯室里遇上等级五的人……监控室那边不断向我抱怨说，从你身上几乎采集不到任何信息。"

刑警毫无顾忌地大谈监控系统。或许像这样主动亮开自己的底牌，也是试探对手的方法之一吧。我也故意露出了困扰的表情。我早就预料到市警局层级的信息管理系统没有办法突破等级五的个人资料封锁权限。

"在我们问话的期间，能不能请你暂时解除存取限制？"

"我的职务内容涉及国家机密……这点恐怕得先获得上层的批准。"

"好吧，那就算了。"刑警耸了耸肩说，"话说回来，等级五可真不得了，不管我们想要查什么，都会跳出'Could not get'（无法取得）的信息。相较之下，隔壁那位小姑娘却是毫无防备的等级零。亲眼看见这么明显的差别后，我多少也能体会到那些反对阶级制度的抗议人士的心情了。"

我挤出苦笑，从刑警身旁走过。

"不过呢……"

　　刑警端坐在椅子上，忽然转头对我说道："要摸清一个人的底细，靠的不是脑袋里的机器，而是眼睛。只要是脑袋所想的事情，一定能从眼神看出端倪。眼神是骗不了人的，这点不管是等级五还是等级零都一样。"

　　"你从我的眼神看出我在说谎？"

　　"不不，倒也不是那个意思。啊，对了，我刚刚到隔壁偷瞄了一眼，那位小姑娘的眼神可真是清澈啊。不愧是小孩子，没有受到一丝污染。公务员先生，我建议你也要过健康一点的生活啊，免得污染了眼睛，招来不必要的怀疑。"

　　"我会铭记在心。"我扔下这句话，走出了萧瑟冰冷的审讯室。

2

　　我脱下鞋子，打开了内廊的灯。

　　"打扰了。"

　　道终知气定神闲地踏进我的住处，没有丝毫犹豫或迟疑。

　　我将她带进客厅，正想拿点什么饮料给她，才想到家里只有矿泉水而已。我没有其他选择，只能倒一杯矿泉水递给她。她说了声"谢谢"后接过去喝了起来。平常我只会在街上看到这样身穿制服的初中女孩，此时她却坐在自家沙发上，这让我有种脱离了现实的错觉。

　　"审讯结果如何？"我随口问道。

道终知放下水杯，说道："我是第一次像那样接受警察问话。"

我心想，大多数的人都没有那样的经验吧。

她露出一副笑容可掬的模样，雀跃中带了一点腼腆。我无法判断她为何会露出这种神情。

"这个……呃……知同学……"

我一叫她的名字，她笑得更加羞赧了。

"……有什么不对吗？"

"抱歉……"道终知看着我，"我从小就在那家幼儿园长大，我是那里最年长的孩子，其他孩子的年纪都比我小，所以我几乎没有过像这样跟男人面对面说话的机会，心里有些紧张。"

她嘴上说自己很紧张，表情看起来却恰恰相反，这让我有些不知如何回应。

"不如我们都放松一点，说话别这么拘谨。"我提议。

"好。"

事实上我有些不知所措。我只擅长应付女人，却不擅长应付女孩子。何况眼前这女孩的年纪跟我差了一倍，更让我感到棘手不已。

"那我……就叫你小知好了。你想怎么叫我都可以。"

"我叫你连大哥，好吗？"

"好，随便你。"

"连大哥……"小知叫了我的名字两次，接着笑逐颜开地说道，"这是我第一次喊男人的名字。"

"喔……"

这种宛如少女漫画般的对白，实在让我穷于应付。

"话说回来，像你这么没有社会经验的人，竟然能骗得过刑警？"为了结束这个让人摸不着边际的对话，我岔开了话题。"负责向我问话的，是个经验老到的刑警，他跟我说了一句'眼神骗不了人'。"

小知凝视着我的眼睛回答："眼神闪烁的唯一原因并非说谎，而是心虚。"

她漾起了高雅的微笑，说道："我没做任何亏心事，没必要心虚。"

我一听，顿时头皮发麻。

眼前这名初中女孩的眼神令我的背脊窜起一股凉意。

她的养父才刚自杀没多久。数个小时前，老师才当着她的面，用手枪穿透了自己的脑门。

老师自寻短见的原因，不可能跟她毫无关系，而她竟然能斩钉截铁地说出"没必要心虚"这种话。眼前这名十四岁的少女，显然不是个普通孩子。

……这不是我早就知道的事吗？

她不是个普通的初中生。老师在自杀前一刻，已明明白白地告诉了我这件事。

我在沙发旁边的矮凳上坐下。此时的我已隐隐起了戒心，不由自主地想跟她保持安全距离。

"我有几个问题想问你。"内心的疑惑早已堆积如山，于是我故作镇定地问道，"首先……你到底是什么？"

"关于这个，父亲应该已说过了。"

"你的信息等级是……九？"我可以感觉到自己的口气充满了诧异。

"那只是父亲为了方便说明而拿来比喻的数字。事实上我除了将父亲制造的'量子叶'移植入大脑之外，没有什么奇特之处。"

她说得轻描淡写。但这唯一的奇特之处，却足以让我们这些一般市民啧啧称奇。

如今全世界约有一半人口移植了电子叶。随着科技的进步，电子叶的制造技术也年年精进。大约每两年会进行一次电子叶的硬件升级，每次升级都会提升其效能。

话虽如此，但由于电子叶是会对人体造成直接影响的机器，社会上普遍认为电子叶发展的过度高速化是一件相当危险的事。电子叶的职责在于与大脑进行信息的交换，因此性能越好，能够交换的信息当然也越多且速度越快。这势必会对大脑造成一些影响，有利也有弊。

因此要提升电子叶的运行速度，必须先通过数次临床实验的严格把关，才能进入实用阶段。如果擅自对电子叶的运行速度进行升级，将遭受等同于毒品犯罪的惩罚。但眼前这名少女的电子叶，却完全漠视了现行法规。

其他人的电子叶都是传统计算机，而她的电子叶却是量子计算机。

光是这个技术，就让我感到难以置信。虽然现在已有小型量子计算机问世，但尺寸跟终端计算机差不多大。要是能把量子计算机做得像电子叶那么小，那肯定是足以改变整个世界的重大技术革新。若是平常的我，只会把这种事当成笑话看待。

可说出这句话的人，偏偏是个曾经改变世界的天才科学家。

不相信也不行。老师绝不是个会在科学方面信口雌黄的人。既然他说制造出来了，那一定是制造出来了。一个脑中装了量子计算机的人，在使用一般电子叶的凡人眼里，肯定有着快得难以想象的信息处理能力。

换句话说，眼前这女孩从小接触到的信息量，与我们一般人是不可同日而语的。对于她的能力，老师只用一句话来形容……

等级九。

"所谓的等级九……具体来说到底跟一般人有什么不同？"我在用字遣词上特别小心谨慎，因为我根本无法想象等级九到底能做什么事。"譬如我是等级五，跟我有多大差异？"

"我能够取得等级五无法取得的信息，能够演算等级五无法演算的资料。"

"连等级五也无法取得的信息……你指的是国家机密？"

"国家机密当然也包含在内，但更重要的是……"

小知说到一半，没有再说下去。

她想说的是什么？

"她想说的是什么？"

"咦？"

我错愕地瞪大了眼睛。

"刚刚那是……""刚刚那是……"

她说出的每一个字都与我完全合拍，简直像在练习话剧一样。让我一阵毛骨悚然。

难道……她能够……

"读出我的心思……"

两人的话再度交叠。我急忙捂住了嘴，她却泰然自若地说道："没错。"

我惊讶得说不出话。

天底下怎么可能有这种事？

"人类的精神活动来自电位变化的信息，而电子叶具有监测大脑活动的机能。"小知以充满歉意的表情向我解释，"依靠目前的技术已能分析出电位蓝图，但以一般电子叶的演算能力，没有办法根据电位蓝图演算出实际的思考内容。但是只要演算速度够快，就能够做到这点，而量子计算机具有这样的性能。"

"但……但是……"我已无法掩饰心中的焦躁，"就算真的演算得出来，我可是等级五，你怎么能轻易取得我的电位蓝图？"

话刚说出口，我霎时醒悟这个问题有多么愚蠢。

对眼前这名少女而言，这是轻而易举的事情。就算是国家机密层级或系统安全层级的信息，也同样唾手可得。因为她取得信息的手法，利用了系统本身的安全性漏洞。不论建立起什么样的机制或防护措施，只要是网络上的信息，就逃不出她的手掌。

能够利用安全性漏洞取得所有信息，甚至连他人心中想法也能轻易读取。

这就是等级九的能力。

我用一只手遮住脸，不知所措地摇了摇头，说道："……你时时刻刻都在读着我的心思？"

小知无奈地回答："我知道这非常失礼，但量子叶会尽可能取得周边的一切信息，这是系统上的运作机制。你离我最近，所以你的信息像雨水一样不断涌进我的脑海，我只能尽量不去细读，希望你不要放在心上。"

听了小知的安慰之词，我整个人瘫倒在椅背上，仰望着天花板，重重叹了口气。

老师……你竟然搞出了这样的东西……

啊……对了……

我忽然想起老师的那句遗言。

"老师临走前对我说'接下来的事就拜托你了'，这意思是要我把你抚养长大？"我坐起上半身问道。

"不，不是那个意思。"小知毫不迟疑地说道，"我年纪太小，一个人什么也做不了，父亲确实希望你能保护我。但那只是短时间而已，并非长期照顾我的生活。"

"短时间……是多久？"

"这个嘛……"小知顿了一下，说道，"四天。"

确实很短。而且这数字似乎别有深意。

"四天之后会发生什么事吗？"

"我要见一个人，已经约好了。"

"约好了？跟谁？"

小知嫣然一笑，似乎并不打算告诉我答案。

"你不想说？"

"四天后就知道了。"

"既然你不说，请你回答我另外一个问题。"

"什么问题？"

"这四天后的约定……"我以凝重的眼神看着她，"是否跟老师的自杀有关？"

脑海再次浮现出老师的脸，我的语气变得有些强硬。

我所认识的老师，是个具备知性与理性，凡事深思熟虑，对每个环节都追求完美，能够设计出一套让我花了十四年才解开的暗号的人。

他是位彻头彻尾的科学家，绝不会做无意义的事情。

他做的每件事情肯定都有其意义、有其理由。

直到数小时前，老师都还活得好好的。正常饮食、正常睡眠、正常变老。对老师而言，活着才是常态。一直活到生命因疾病、意外或自然死亡而终结，才是老师原本该历经的正常人生。但老师却自愿选择了死亡。在这个特殊的节点，他选择了结束生命。

这背后势必有个理由。

老师的死，肯定有着我所不知道的动机。

"老师为什么要自杀？"

这是我心中的最大疑惑。

道终知面无表情地凝视着我，不假思索地说道："四天后就知道了。"

这个回答让我下定了决心。

"好吧，那我就等你四天。这四天你可以住在我家，好好思考未来该如何安排。"

道终知听了我这句话后，再度露出微笑。跟之前的微笑一样，那不是单纯的喜悦，而是一种在洞察一切后展现出的包容力。她的眼神仿佛在诉说着"我早就知道你会这么说"。

至少事态还在掌控的范围之内。刚好（虽然这么形容有点古怪）我也抱着至少照顾她四五天的打算。老师的遗体正在接受警方的司法调查，必须等待数天后才能安葬。老师没有亲戚，与他关系最亲近的人就是那些幼儿园的员工，因此我打算亲自为老师举办葬礼。好歹在葬礼结束之前，我应该好好照顾这名女孩。

唯一的不确定因素，就是想方设法要夺回研究成果的亚尔康企业……

老师的研究成果已凝聚成小知脑中的量子叶，这件事恐怕没有办法长期隐瞒下去。如今亚尔康企业应该已接到了老师身故的消息，而且只要沿着幼儿园的线索追查下去，他们马上就会怀疑到小知的头上。到最后，量子叶多半还是会落入亚尔康企业的手中。他们会在小知的脑中移植另一个正常的电子叶。

话虽如此，拖延个四天应该不成问题吧。届时我只要坚称不知道小知的脑中有量子叶，就不算做了违法的事情。只要我坚持自己只是代为照顾孩子，就没有义务向那个讨人厌的首席执行官汇报任何消息。一切都可以等到我把该办的事情办完。想到这里，我决定不管三七二十一，先撑过这四天再说。

话说回来，小知虽然年纪小，但毕竟是个女人。要与她一同生活四天，恐怕得准备不少东西。我稍微考虑了一下该准备什么，但实在懒得多想。此时我已疲惫不堪，不愿再烦恼任何事情。

"今天先好好休息吧。"我决定抛开所有待处理的难题，说，"你接受完警察问话，应该也累了。我家里还有空房间，你就睡在手边那一间吧，里头有沙发床。"

"连大哥……"

"嗯？"

"谢谢你。"

这是她来到我家之后，第一次露出如此温柔的笑容。

我不禁看得入了迷。仔细端详一番，其实这孩子五官端正，长得相当秀丽。俊俏的面庞配上成熟的表情，酝酿出一股难以言喻的女人味儿。如果不说，还真看不出来她才十四岁。但身为一个大人，若对初中女学生伸出魔爪，似乎有些不太妥当……

我刚想到这里，忽惊觉小知正用冰冷的眼神看着我。这时我才想起她可怕的能力，不好意思地挠了挠后脑勺。看来要适应与她相处还得花一段时间……

"对了，明天你有什么打算？"为了逃避那宛如刀锋般锐利的视线，我赶紧扯开了话题，"我想学校那边还是先请假比较好……当然如果你想去，我也不会阻止。"

"我不去学校，但我有另外想去的地方。"

"另外想去的地方？"

"对……"

接下来的四天，我将成为护花使者。道终知，全世界唯一的等级九。随时有办法取得全世界所有信息的少女，竟对着我说道："我想查一点东西……"

3

车子沿着蜿蜒的山路前行。

这条路是朝着京都西北方延伸的一六二号国道。道路两侧的山坡上尽是笔直而高耸的树木。此地距离京都市中心只有不到一小时的车程，却已是一幅深山野岭的景象。

大白天就开着车子在如此绿意盎然的山道上缓缓行驶，这令我有种正在度假的错觉。今天我请了年假，本可以优哉游哉地度过一天，现在却一边操纵方向盘，一边以手势指令封锁三缟的第七个邮箱。我甚至可以想象三缟正杀气腾腾地准备第八种联络方式的画面。

副驾驶座上，坐着一名身穿制服的初中女孩。

"咦……你没有便服可以换吗？"

"有几套。"

听她这么说，我松了口气。我还以为幼儿园的孩子穷得连替换的衣物也没有，幸好不至于那么糟。

"我只是觉得今天该穿正式一点的服装。"小知解释。

"那里只是个观光区，不是那么拘谨的地方。不过话说回来，穿制服的初中生走在观光区确实是最自然的画面。"

我一边闲谈，一边看着启示视界上的导航系统。我发现图标区的"天线"有四格。我本以为山里的信号很差，看来京都的市区与郊外并无多大分别。

天线的格数代表着周边一带的"信息充实度"。

这项指标具有两层意义，其一是信号的好坏，其二是附近地区受到监控的密度。在充斥着信息素材的市区大多是五格，到了乡下则往往会降至两格。就算是人迹罕至的荒郊野外，只要还在卫星通信的范围之内，至少也会有一格。除非进入隔绝电波的密闭空间，否则不太可能出现零格的状况。

既然是四格，则表示这里信息状况非常优良。除了卫星及地面电波之外，道路结构体的信息素材也不断搜集着信息。不，想必还不止这些。

"整座山都是……"

小知望着车窗外呢喃细语。自道路往山坡下俯视，可见之处皆为森林。

大概这座山的每个角落都被洒满了信息粉剂吧。这是一种具有自然分解性的信息元件粉末，只要洒在山区，就会被植物或土壤吸收，使整个大自然环境都转化为信息素材。由于具有分解性，过一段时间就会自然消失，因此若要维持信息的精确度，就必须定期重新喷洒。说白了，就跟农药没什么两样。

但对绝大多数人来说，这种深山里的信息多半是没有意义的。世界虽大，实际上只有京都及其周边一带的信息化才如此彻底。

京都是老师研究及发表电子叶的地方，是全世界首屈一指的信息之都。京都大学及市内各信息企业所研发的最新技术，都会拿京都来进行测试。因为这个缘故，无论街道或郊外，京都的信息化都到了令人惊叹的程度。各组织及企业争先恐后地推动自己的技术，道德及善恶标准都被抛到了九霄云外。

我试着以图像观察京都山区信息化的发展状况。手指一下命令，眼前的视野顿时出现了变化。就好像在现实世界贴上一层胶膜，景色变得截然不同。

此时我看见的景色为"信息分布观测图"（Infographi）。

这是等级四、五的信息技术人员所拥有的权限之一。我们可以针对周边的信息素材通信状况进行实时监控。譬如墙壁或地面的哪个角落出现较大量的信息传输，或是附近有谁正在频繁地进行信息传递等等，宛如热感应影像一般的画面呈现在启示视界上，看得一清二楚。

画面上黑乎乎一片。正在进行通信的位置会变化成绿色，随着传输量的递增，颜色将变为蓝色、黄色、橙色、红色等不同色相。我以这个画面朝山坡的方向望去，显示出的色相介于绿色与蓝色之间。与市区相比，传输量显然少了许多。

"山区里还有这么大量的信息，实在让人心烦。跟我比起来，你一定更加难受吧？"

我向坐在旁边的等级九少女问道。即使是等级五的我，也被偶尔出现在启示视界上的无用信息搞得心浮气躁。而她是等级九，接收到的信息量恐怕与生活中的低频噪音一样数不胜数。

"不，我很平静。"小知若无其事地说道。

我心想，或许她的五感异于常人。

"信息充实度太低的地方，反而会让你焦躁不安？"我问。

"倒也不会。待在通信量少的地方，必较能够集中注意力。如果我想静下来好好想事情，会对接收的信息进行限制。"

"噢……这部分的感觉跟平常人没什么不同？"

"嗯，没什么不同。"

　　　　　"将于五分四十秒后抵达目的地。"

　　启示听觉传来导航语音。快要到目的地了。

　　"连大哥。"

　　"什么事？"

　　"你认为我穿便服比较好看？"

　　"没那回事，穿制服也挺可爱。"

　　我随口说道。小知露出了心满意足的微笑。车内的尴尬气氛令我如坐针毡，我忍不住用力踩下油门。比导航系统预测的时间快了六秒。

　　　　　　　　　　4

　　我与小知登上了参拜的石阶。今天是工作日，因此显得有些冷清，但仍可以看见观光客的身影。

　　小知想要前往的地点，原来是有名的寺庙。

　　神护寺。

　　是坐落于京都西北方高雄山中腹地的山岳寺庙。宗派为高野山真言宗，寺格为遗迹本山，创建于天长元年（公元 824 年）。著名的密宗大师空海自唐朝学习真言密宗归国后，在展开正式的传教活动之前，曾在此寺居住并为其宗教哲学奠定了基础。不仅如此，空海还曾在此为包含最澄（天台宗开宗大师）在内的众多僧侣举行灌顶仪式（密宗入门仪式）。其后空海虽然为了传教而迁移至东寺及高野山，但神护寺作为其传教活动的起点，在日本佛教史上具有极为重要的意义。

我一边前进，一边用电子叶确认这座寺庙的历史意义。老实说，我对这种地方并没有太大的兴趣。我是土生土长的京都人，从小看惯了神社佛阁，却从来不曾喜欢上这些东西。

"我们来这里做什么？"

"我想向住持请教一些事情。"

"住持？难不成是想听佛法？"

"可以这么说，但不是参加法会，而是直接询问。"

小知在公共层页上开启了一个视窗，上面是她与神护寺联络的电子邮件往来记录。早在一个月前，她就已与住持约好了今天下午三点见面。虽说是早已约好的事情，但昨晚才发生那样的悲剧，我实在很难想象她还可以满不在乎地跟住持大谈佛法。

"我想询问一些关于教义的问题。"小知的口气仿佛完全不认为这两件事有丝毫关联，"尤其是真言宗的教诲，以及密宗思想。"

我有些意外，没想到还真是与宗教有关的话题。虽说大概也不会有其他能向寺庙的住持请教的事情了，但我实在无法理解这么做到底有何意义。

"真令人期待……"

小知笑眯眯地说着，步伐轻盈地踏上石阶。

5

　　我们两人被带进了一座名为本坊的建筑物。内部空间相当宽广，似乎也兼作僧侣的生活起居之用。毕竟这里是著名的佛寺，自然有众多僧侣在此修行。

　　我跟着小知走进了一间铺着榻榻米的房间，跪坐在榻榻米上静静等候着。我想找两张坐垫来用，但左右看了看，似乎没有。或许这也是某种自古传下来的习俗吧，但我懒得用电子叶寻找答案。

　　过了一会，一位看起来四十多岁、身穿僧服的男人走了进来。启示视界上立即跳出了关于这个人的公开资料。看来那颗光溜溜的脑袋底下，跟平常人一样移植了电子叶。

　　"贫僧是住持佐和宗道。"

　　我与小知各自打了招呼。住持读完我的资料，顿时皱起了眉头。

　　"等级五……你任职于信息厅？"

　　我早已预料到对方会出现这样的反应。

　　事实上信息厅与神社佛阁之间的关系并不和睦。

　　信息厅是让京都成为信息之都的幕后推手。只要是能使用信息素材的场所，几乎是毫无节制地大兴土木。相较之下，京都为数众多的寺庙及神社，大多反对将境内土地及古迹建筑变更为信息素材。如今我们所在的本坊之类居住区域虽已完成信息素材化，但如本堂、宝物库等社寺核心建筑物则不愿配合改用信息素材。

站在信息厅的立场，当然不是想要叫他们把那些国宝都重新改造为塑胶材质。只要使用涂抹式的信息元件，或是进行木材浸透处理，就可以达到信息素材化的效果，而且不会毁损这些具有历史意义的古物。相对于此，宗教界则认为有许多古物基于传统教义必须加以隐藏，不能随便公开在世人面前。密宗佛教既然有密宗之称，当然藏有许多秘密，信息厅可以说是他们的天敌。

"我确实是信息厅的职员，但今天我是以私人身份来访。"我尽量表现出善意，"她是我亲戚的女儿，正在学习佛教相关知识，特别对密宗很感兴趣……因此今天想请大师亲自为她讲解真言宗的教诲。"

"年轻人对佛法有兴趣，倒是很难得。"

佐和住持的声音颇为低沉，中气十足。他跪坐在我与小知的面前，轮廓明显的五官配上一身的僧服及光头，散发出一股慑人的气势。

"对我们来说，这正是求之不得的事情。"住持接着说道。

"我对佛教所知有限，拜托大师了。"我说道。

小知也跪着向佐和住持深深鞠躬，说道："请多多指教。"

"好说。既然你对佛教已有一些了解，我该从哪个部分开始说起比较好？不然这样好了，我们采用问答的形式。你有什么想问的问题，或是想知道的知识，请尽管提出来。"

住持不再说话，等待着小知的回应。小知想了数秒，开口说道："曼荼罗……"

小知略一停顿，说出了自己的问题。

"请问曼荼罗是什么？"

"这是个相当有深度的问题。"

住持陷入沉默，似乎正在思考如何回答。

就在这段时间，电子叶已取得关于曼荼罗的基础知识，并将说明文字投射在启示视界上。

曼荼罗。梵语中原指"圆"，引申含义为"圆满"或"具有本质"。多指利用象征性的佛像绘画等形式，诠释出密宗的教义、世界观及宇宙的真理。除了绘画之外，亦有记号、声音、立体雕塑物等各种形式的曼荼罗。

除了说明文字之外，电子叶依照可用性排列出了数张曼荼罗的照片。其中最靠上的是根据我的所在位置选出的最合适的一张。照片中的曼荼罗，正是收藏在这座神护寺内的国宝高雄曼荼罗。依照片看来，这幅曼荼罗磨损严重，据说是现存最古老的曼荼罗。

"你是御野先生？"

听到有人喊自己的名字，我赶紧关掉启示视界上的图像。不知从何时起，佐和住持竟目不转睛地凝视着我。

"既然你是等级五，靠电子叶就能查到所有知识吧？"

"大部分没问题……"

"刚刚提到的曼荼罗，你也可以轻轻松松地当场在网络上搜寻，放在启示视界上阅读。我自己也使用电子叶，所以很清楚这个心态。人的生活真是越来越便利，但我不认为这是正道。"佐和住持态度平淡，口气却相当严厉，"我看得出来，这位等级五的先生刚刚正在看启示视界上的图像。"

"对……"

"虽然你们一起来向我请教问题，但只有这位等级零的知小姐眼中有我。显然你们两位有着等级上的明显差距，她能以电子叶查到的信息并不多。但更重要的是，她有着向我求教的正确态度。在追求知识这一点上，重要的不是电子叶或网络，而是求知的精神。在过于极端的信息化社会里，这些人性的优点会逐渐消失。既然你是信息厅的职员，我希望你能明白这个道理。"

我被数落得哑口无言，只能摆出一脸苦涩的表情。只不过是分心看了其他东西，竟遭到对方如此犀利的言辞攻击。不过说起来我也有错，明知道我的身份令对方感到厌恶，我应该更加谨慎小心才对。

"失礼了，现在让我们回到曼荼罗的话题吧。曼荼罗是佛教美术形式之一，简单来说就是尝试以五感中的视觉来呈现出真理……"

住持露出心满意足的表情，不再理会我，自顾自地对小知解释了起来。

但住持对我说的那些话，却引发了我心中的疑窦。

小知在旁人眼里虽然是等级零，实际上却拥有比任何人都厉害的等级九的能力。她能够从网络上取得的信息，肯定比身为等级五的我多得多。既然如此，她为什么要专程跑到这种深山寺庙来，直接向僧侣提问？当然光是阅读论文或介绍文，不见得能理清所有环节，但我总觉得没那么单纯……

就在我思索着这个问题之际，脑中忽然响起启示听觉的铃声，启示视界上跳出了一排信息。发出信息的人，正是在身旁听着和尚讲课的小知。

　　　　　　"看看通信量，你就明白了。"

这句话似乎是在回答我心中的疑惑。看来我的想法又被看光了。但更令我吃惊是，她竟然可以仅靠思考就能编写出文字并发送出去。如果是我，只能使用语音输入或敲键盘。难道这也是等级九的特殊能力之一？像这样的能力，用来讲悄悄话还挺方便。

她这句话的意思，应该是叫我看"信息分布观测图"吧。我依照她的建议，在启示视界上开启了影像屏蔽。

下一瞬间，我倒抽了一口凉气。

整个房间竟然一片血红。

我忍不住吞了吞口水。当然那些红色不是血，而是代表着通信量已达上限。由于传输的资料数量实在太过庞大，所有墙面及地板都被染成了鲜红色。这样的传输量，早已达到房间内信息素材的传输速度上限。我们所在房间内部的资料传输数量多到令人难以置信。整个房间宛如凶杀案现场，布满每个角落的血液正以惊人的速度流动着。

这些血液从佐和住持头部的电子叶涌出，沿着墙壁流入小知的脑中。

我的直觉告诉我，小知正在吸收着住持的知识与认知。住持的思考过程和推导出的答案被尽数吸出，转移至小知的脑中。

"信息分布观测图"所呈现的画面，正象征着两人一问一答的行为背后的本质。

"两界曼荼罗是由两幅曼荼罗所组成。"住持说道。此时传输量已稍见缓和。

"胎藏界曼荼罗，与金刚界曼荼罗？"小知回应。

住持听到这句话，脑中的电子叶立即开始运转。小知提出的术语传入住持的耳中，形成了信号刺激，诱使电子叶进行搜寻。就在同一时刻，住持的大脑也开始思考。他原本所拥有的曼荼罗知识，与电子叶搜寻到的知识混合在一起，组成了脑中的思考回路。

下一瞬间，突然迸出了一道浊流。分布在房间墙面上的血液同时开始流动。自住持的大脑溢出，涌入小知的电子叶。

住持脑中的一切知识，都被小知吸走了。

小知为什么特地来到这里与住持对谈？答案很简单。

为了取得对方脑中的所有知识，必须直接操控对方的大脑。

仔细想想，这是必要程序。脑部神经细胞的结构蓝图并不足以代表整个大脑。内部电位脉冲的连锁频率、网络连线的即时反应，以及电流错综复杂的通路方式等，才是思考的本质。观察静止的现象就跟解剖尸体一样，无法看出其活跃时的状况。只有在活着的状态下进行监测，才能看清其真正的面貌。

然而就算活着，对方处于睡眠状态时也不行。必须在监测对象绞尽脑汁思考的那一瞬间，也就是必须在大脑极速运转时下手才行。

这正是小知正在做的事。

小知用一句话抛砖引玉，诱发出对方脑中的各种知识，而这些知识都会被小知吸走。

"你真是个认真好学的好孩子。"

比任何人都更加认真好学的住持笑着称赞小知。正对住持的知识蚕食鲸吞的小知，也回以愉悦的微笑。此时在我的眼里，这位博学多识的住持只是一个正在被活生生吞噬的可悲猎物。

这番掠食大概进行了一个半小时，也就是短短的九十分钟。

但佐和住持已明显面露疲色、困顿而憔悴。

"真言陀罗尼。"

小知又说出了一句术语，两眼闪烁着异样的神采。

"真言陀罗尼……包含理论性的语言概念……以及精神性的语言概念……"

"字义。"

小知打断住持的话，又说出了另一句术语。小知根本不需要听住持把话说完，因为住持在听到关键字的瞬间，脑袋已经开始进行思考，对小知而言这就算达到了目的。为了争取时间，吸收完知识后当然要赶紧以另一个关键字引出其他的知识。然而对住持而言，这就像是一场强迫思考的严刑拷问。若以开车来比喻，他的脚掌就像被绑在油门踏板上，耳朵作为加油孔不断被注入名为"语言"的汽油。就这样，汽车以最高速度行驶了一个半小时，轮胎早已磨损严重，处于随时会爆胎的临界状态。

"无上正觉。"

就在小知说出这个关键字的刹那间，观测图中的信息流动骤然止歇。住持的电子叶不再提供任何信息，这显然意味着住持已停止了思考。

"抱歉……能不能……让我休息一下……"

小知吃了一惊，错愕地看着住持，方才察觉住持已变得衰弱不堪。

"真是对不起，我听得太入神了。"

"不，请别这么说……你懂得很多，提问也总是切中要点……我必须全神贯注才能回答你的问题……"

小知的提问切中要点，这是理所当然的事。她是从住持脑中的图书馆直接抽出了关键字，当然能与住持的联想完全合拍。

"那么……我们休息三十分钟……"

"不用了。谢谢你教导我这么久，让我受益匪浅。"小知深深鞠躬。

"咦？你的问题……都问完了？"

住持明显松了一口气。

"真的想不出问题了？"

为了捉弄住持，我故意朝小知这么问道。旁边的住持一脸"别来多管闲事"的神情。

"对。"小知说道。就在这时，我的启示视界上出现了一排信息。

"对这位先生的问题都问完了。"

"真的很不好意思，另外我还有个不情之请。"小知接着对住持说道。

"不情之请？"

"能不能让我参观一下贵寺珍藏的曼荼罗？"

"你指的是……高雄曼荼罗？"住持皱眉问道。

"是的。"

"这个嘛……你应该也知道，高雄曼荼罗被指定为日本国宝，平常不对外公开。不过偶尔会送到美术馆举办展览会，你可以趁那个机会……"

"就让她看吧。"

突如其来的声音，吸引了我的目光。

和室外的走廊上站着一名老人。

那老人顶着光头，身上穿着杂务服，似乎也是名僧侣。他看起来年纪相当大，但似乎没有移植电子叶，无法查到任何个人信息。

"大僧正！"

佐和住持喊道。下一秒，电子叶也将视觉图像搜寻结果显示在启示视界上：神护寺住持、大僧正，日座圆观，八十一岁。

依这职衔来看，老人在这座寺庙里应该是地位很高人物，但穿着却相当简单朴素。老人呵呵一笑，说道："刚刚我在庭院里，听到了几句你们的对话。这位小姑娘可真是好学不倦。宗道，她知道的事其实比你还多。"

"……真是惭愧。"

"曼荼罗不让这样的人看，该让谁看？"

"但是，大僧正……基于管理国宝的职责，这么做似乎不妥……何况这里有位信息厅的官员……"

佐和住持一面说，一面朝我瞥了一眼。

"请放心，国宝及重要文化财的管理不在信息厅的管辖范围之内，何况这是我的亲戚的不情之请，我怎么可能说出去？"我连忙摇手。

"宗道，既然他都这么说了，你快去准备吧。"

佐和住持接到了命令，一脸无奈地走出房间。

"要把曼荼罗挂起来，得花一些时间。"大僧正向我们解释，"图太大了，而且历史悠久，在搬运上得特别谨慎小心。"

"原来是这么大的图？"

"看来你还不知道。高雄曼荼罗共有两幅，每一幅的边长大约四米。要看得清楚，得搬到金堂悬吊。"

听起来确实很大，再加上是国宝，他们竟然愿意特地悬吊起来给我们看，反而让我感到不可思议。

"对了，小姑娘。"

"请说。"

"我有个条件，那就是我想跟你一起看那两幅曼荼罗。但我现在得去一趟檀越主家，晚上才能回来。你愿不愿意等我到晚上？"

小知转头征求我的同意。今天我请了假，就算再晚回家也没关系，于是我点了点头。

"好，我等你。"

"呵呵，谢谢你。"

"请别这么说，我也想多向你请教。"小知漾起微笑。

"这可真是光荣。不过你可别抱太大期待。我只是比宗道虚长了几岁，很多事情连我也不知道。小姑娘，你想问我什么？"

小知凝视着大僧正，说道："无上正觉。"

"无上正觉，就是'悟'。"大僧正开怀地笑了，"我自己也是一头雾水。"

6

一道道影子在昏暗的本堂中不住摇曳。

放置在地板上的灯笼与烛台投射出的橘红色火光，竭尽其所能地照亮着宽广的堂内。由于亮度不足，天花板附近依然是黑压压一片，墙面映出了橘红色至黑色的渐变。

本堂内悬吊着两幅巨大的曼荼罗图。

高雄曼荼罗。

这两幅图原本是以金色及银色的颜料画在紫色的布面上，但由于年代久远，有着严重的斑驳及褪色现象，因图面剥落而难以辨识的部分也不少。一千两百年的漫长岁月，在这两幅图上留下了无法抹去的痕迹。

小知抬头仰望着这两幅高达四米的曼荼罗。

自从进入本堂，她已痴痴地看着这两幅图长达三十分钟以上。一幅是胎藏界曼荼罗，另一幅是金刚界曼荼罗。小知花了十分钟看其中一幅，花了十五分钟看另一幅，接着又回到第一幅，然后目不转睛地盯着看到现在。

"曼荼罗所画的是宇宙的真理。"

声音回荡在静谧的堂内。在小知凝视曼荼罗的期间，圆观大僧正一直沉默不语，这时才终于开口说话："胎藏界曼荼罗象征物质基础与客观现实世界，也就是'理'；金刚界曼荼罗象征理论基础与精神世界，也就是'智'。两者合成的'理智'，正是世间真理的本质。"

堂内只有我、小知及圆观大僧正三人。由于大僧正没有移植电子叶，小知无法直接从他的脑中吸取知识，只能通过沟通来获取。

"明白这个真理，掌握这个本质，在密宗里便称为'无上正觉'，也就是'悟'。"圆观大僧正对着凝视曼荼罗的小知的背影说道。

小知转头问道："'悟'是什么？"

"'悟'就是知道。"大僧正毫不迟疑地回答，"知道过去不知道的事，察觉新的现象，这就是'悟'。很多人会把'悟'解释为'求得真理'，那是因为世界上没有人明白'真理'为何物。对所有凡人而言，'真理'是一种新的知识。理解这个新的知识，就是'悟'。"

"新的……"

"没错，小姑娘，你点出了一个最重要的字眼。你应该照着这个方向继续想下去。新旧、前后，只要能辨别这两点，就能找出通往真理的道路。'知道'这件事能够创造出两种状况，也就是知道前，以及知道后。过去不知道的我，以及现在知道的我。因此要达到'悟'的先决条件，就是知道自己'到底不知道什么'。"

我在一旁默默听着两人奇妙的对话。一个十四岁的初中生，跟一个八十一岁的大僧正讨论着"悟"的意义。这就是货真价实的"打禅语"。

"我……"

小知一时不知该如何接话。此时的她，已失去了与佐和住持交谈时的气势。在这一场没有电子叶帮助的交谈中，等级九的能力无法派上用场。小知只能在宛如这座本堂般阴暗的思考世界中，摸索着最适当的词汇。

"我……到底不知道什么？"

"这个嘛……每个人不知道的事情都不一样……不过为了引导你，我就给你一条线索吧……那边那个年轻人！"

"咦？你叫我吗？"

"没错，我看你在旁边默不作声，应该很无聊吧？既然无聊，来回答我一个问题。"

"我不知道能不能答得上来……"

"真拿你没办法。好吧，我出个最简单的问题。你知道'觉悟'是什么意思吗？"

"觉悟？"这是个相当常见的词汇，即使不用电子叶查字典也能说得出意思，"觉悟就是……作好心理准备。用法的话，例如有了觉悟，或是对接下来即将发生的事情抱有觉悟等等。"

"你说得很对，解释这个词这一点也不难。但'觉悟'里头也有一个'悟'字。'觉'跟'悟'合起来，就是觉悟。"大僧正再度转头面向小知，解释道，"'觉'这个字的意思是已经知道的事，也就是'过去'。与'觉'相反的概念，就是'悟'，这个字指的是'未来'。还不知道的事、不悟就无法得知的事，那就是未来。没有人能知道未来会发生什么事。所以说，小姑娘，你不知道的事情之一，就是未来。"

小知陷入了沉思。

她遇上了连等级九也无法得知的信息……未来。

"不过……"大僧正以轻松的口吻接着说道，"世人拥有一种能力，那就是根据过去的经验来预测未来。例如因为昨天是这样，所以明天应该会这样……只要知道过去，就能看见未来。因为看见了未来，所以能有所觉悟。说到这里，我们又'悟'了一件事，那就是'有一件事，凡人绝对无法觉悟'。"

小知抬头问道："请问……那是什么事？"

小知问得开门见山。大僧正看着小知恳切的眼神，回答道："那就是'死'。"

"死……"

"活在世间的人，都是没死过的人。没人知道死后会发生什么事。或许身为僧侣的我说这种话不太合适，但我认为天堂跟地狱都是无中生有的虚妄之物。死后的未来，我们没有办法靠经验来预测。我们没有办法知道什么是死，所以没办法对死抱有觉悟。我们只能永远活在死亡的恐惧之中。"大僧正露出率真的笑容，说道，"常有人说'抱着不惜一死的觉悟'，那都是吹牛罢了。"

洪亮的笑声回荡在堂内。

小知也跟着绽露笑容。

接着她转头朝那两幅曼荼罗又看了一眼。

我站在旁边听着，脑中浮现出老师扣下扳机时的那一幕。

正如大僧正所说，老师不可能对死抱有觉悟。

既然如此，老师为什么要举枪自尽？这是个令我怎么想也想不透的问题。

7

我躺在全新的棉被里，仰望着陌生的天花板。

在那段交谈之后，小知依然凝视着那两幅曼荼罗。大约过了三小时，我开始催促她离开，她却对我露出了幼犬般可怜的眼神恳求我。我不忍拒绝，只好任凭她继续看下去。当她终于心满意足的时候，时间已过了晚上十一点。最后大僧正好心留宿我们，让我们在客房里借住一晚。我们穿上寺院内待客用的轻便和服，简直像是住在旅馆里一样。都是京都人，这旅馆未免住得太近了点。

我翻了个身，不禁叹了一口气。明天进办公室时，大概已经是中午了吧。一想到又得听三缟咆哮，心情就有些郁闷。但这种事早已是家常便饭，倒也并不特别烦恼。转头一瞧，小知正在旁边的另一席被铺里睡得香甜，发出了细微的鼾声。发生了这么多事情，真亏她还能睡得安稳。

我看着小知安详的睡颜，不禁陷入沉思。

今天我跟着小知一起行动了一整天，却还是一头雾水，不知道她到底为什么要做这些事。她来到寺庙里，吸取住持的知识，欣赏曼荼罗，还说了些深奥难解的禅语。这一连串行为真的有意义吗？她的目的到底是什么？

她在打什么算盘？

老师又在打什么算盘？

要找出这些问题的答案，我需要更多线索。若以拼图来比喻，现在还缺少好几块碎片。回到家后，或许该好好调查一番。尤其是关于老师的事……

就在这时，耳边传来了"哔"的一声轻响。

那是启示听觉所发出的提示音。此时已是三更半夜，我不禁感到纳闷，怎么会在这种时候收到信息。启示视界跳出了一封电子邮件，我懒得起身，直接躺在床上读了起来。

还没等读到内文，这封信的机密层级先吸引了我的目光。

这是一封特殊机密邮件。为了避免机密外泄，这封信的安全等级被设定得相当高。但这一点引起了我的疑窦。等级四的人是无法收发这种机密邮件的。换句话说，寄件者至少是等级五以上，不可能是三缟。

而且寄件者的身份信息为"unknow"，这表示对方利用其等级权限封锁了这项信息。我抱着满腹的狐疑点开了内文。

"立刻给我出来。"

……这是什么？

我掀开被子坐了起来。乍看之下这是封恶作剧邮件，但如此高机密层级的邮件不可能只是一场恶作剧。我实在想不出有哪个等级五以上的人物会寄邮件给我。而且还会写出这样一句话。

就算是群守次长，也不可能以这样的口吻写信给我。

保险起见，我把机密性再提高了一个层级，然后直接回复了这封信。由于对方的状态为"unknow"，这是我唯一能与对方联系的方法。

你是谁？

就在我寄出这封信的一秒钟后，我的眼前突然出现一面影像视窗，完全占据了启示视界。这让我着实吓了一大跳。因为对方使用的不是公共层页，而是我的私人层页。

那似乎是屋外的景象。

画面中央站着一位穿着夸张的男人。

"快给我死出来，你这低等生物！"

一阵怒吼声狠狠地贯穿了我的鼓膜。我反射性地掩住耳朵，但下一瞬间，我才察觉那是启示听觉。睡在一旁的小知毫无反应，可见得对方使用的不是公共声道。我再次惊愕不已。对方竟然能够轻易突破等级五的安全防护机制，硬生生地将影像及声音送入我的脑中。

"啊，女孩不必带出来。"

影像中的男人突然又恢复了平静的口吻。

那男人的穿着打扮相当奇特。一头倒竖的红发，脸上戴着造型古怪的六角形墨镜，镜面竟然泛着黄色的荧光。我不禁暗想，这家伙到底是谁？

"别苦着一张脸嘛，御野。"

"哔"的一声轻响，启示视界上出现了男人的个人资料。

这个人是信息厅的职员。

"好歹我们也是同事！"男人说道。

8

我急忙换了衣服，走出本坊，在深夜里照着对方的指示穿过寺院。一过山门，便看见石阶下方道路上停着一辆大型车。

"这边！"

启示听觉传来呼唤声。现实的视野中，刚刚那个打扮抢眼的男人正在石阶底下抬着头朝我挥手。我不禁皱起眉头，走下了石阶。

来到阶底，我才察觉到辆车散发出令人望而生畏的气势。

那是一种大型的特殊车辆，车身涂成了暗绿色，看起来像是军用的运输车。后方的集装箱上安了一扇厚重的铁门，完全看不出里面装的是什么东西。

车旁除了那名奇装异服的男人之外，还站了三个人。这三人头上都戴着帽子，身穿工作服，看起来像是某种职业的作业员。启示视界上分别出现了三人的个人资料。他们都是等级四，都是信息厅的职员。但资料中并未列出他们的所属单位，这并不符合信息厅的一般原则。

至于那名奇装异服的男人，包含所属单位及姓名都是秘密。除了

"信息厅职员"这一点之外，无法取得关于他的任何信息。

我露出一脸诧异之色，上下打量男人的衣着。男人穿的是 T 恤和短裤，原本风格相当休闲，但肩上又披了一件鲜红色的长大衣，从肩膀直盖到脚踝。那长大衣的质地看起来相当坚硬，似乎具有某种功能，并非单纯的流行服装。

"这大衣不错吧？虽然是配给物，但我很中意。"

戴墨镜的男人以轻佻的语气说道。

"你……真的是信息厅职员？"

"那当然，你不是已经看过个人标注资料了吗？不过我能理解你的心情，毕竟没办法自由取得信息是一件让人很不安的事情。尤其是像你这种等级的人，想必很不习惯这种'看不见'的感觉吧？"

"没错，我想问的就是这个。为什么我看不到你的资料？所属单位、姓名……连信息等级也无法确认。"

"答案只有一个。"男人拉下墨镜，以上吊的瞳孔瞪着我说道，"那就是我的等级比你高。"

"别胡说八道了。"

这绝对不可能。除了像小知那种不在制度内的特例之外，等级五的上头只有等级六，而拥有等级六身份的人唯有总理大臣及各省大臣。当然这个穿着古怪的男人并不是任何一省的大臣。

"我想也是，区区等级五，一定什么也不知道。看在你这么可怜的份上，我就让你开开眼界吧。"

下一瞬间，启示视界上逐一出现男人的个人资料。显然这是眼前这个男人动的手脚。

素月切，信息厅职员。

"机密信息课？"

"你连谣言也没听过？这么说也对，如果传出了谣言，还算什么机密？"素月抓起鲜红色大衣的衣领左右摇摆，"简单来说，就是'水面下的单位'，专干那些见不得光的事。政府机关内部总有很多丢脸或不可告人的事，我们机密信息课的职责就是暗中处理掉这些问题。为了执行这些任务，我的等级当然不能太低。"

"哔"的一声轻响，又一个视窗弹出。

"等级 ✱。"

这是我这辈子第一次看到这样的等级标示。原本应该出现数字的地方，竟然只有一个符号"✱"。

"我们不使用数字，因为我们的工作就是为那些使用数字的人收拾烂摊子。这个标示看起来有点像乘号，你可以认为那是因为我们的乘法比你们的加法更厉害。听起来有点好笑，但别说，我还挺喜欢这样的想法。这个星星符号挺不错吧？模样真是可爱极了。"

轻佻声音钻入耳中。我早已惊讶得合不拢嘴。

小知的"等级九"，是违法电子叶的使用者擅自赋予的称号。但素月的状况却截然不同，那是真正由政府所制定的秘密等级。没想到日本竟然存在着这样的制度。

就在这时，启示视界上突然蹦出了类似于玩拉霸机时出现的画面。九个滚轴开始翻转，并发出喀啦喀啦的启示效果音。最后，九个滚轴都停留在星形符号上。紧接着又出现一幅拙劣可笑的图画，配合着"等级星！"的呐喊声，仿佛中了大奖一般。

我身为等级五，私人层页竟遭他任意入侵且毫无还手之力。

这让我不得不承认，眼前这个态度轻浮的男人确实有着比我更高的信息等级。可笑的图画像烟雾一样消失，现实中的事物再度出现在眼前。

"时间已经很晚了，若能快点完成任务，我就能早点回家休息。今天我是来……唉，真是麻烦。喂，你帮我说吧。"

素月把说明的责任丢给一名身穿作业服的手下，自己懒洋洋地倚靠在车身上，打了个哈欠。那名等级四的职员走上前来，一边在公共层页上贴出数份公文，一边解释道："今天想请御野审议官帮的忙，是关于审议官带在身边的那位女孩。"

"小知？"

"这是来自亚尔康企业的请求。"

公共层页上接着出现了亚尔康企业发出的书面声明。

"我们接到通知，这位名叫道终知的女孩，很可能使用了违法的电子叶，而且该电子叶是盗用了亚尔康企业的机密技术所制成。亚尔康企业请我们协助进行该电子叶的确认及回收。"

"像这种来自民营企业的要求，平常我们是不予理会的。"背后响起了素月的补充说明，"但政府机关总有些麻烦的人际关系得顾虑。御野，你应该也很清楚，政府不敢得罪亚尔康企业。而且这个女孩所拥有的电子叶似乎涉及许多企业机密。"

此时我一颗心七上八下。

亚尔康企业的消息未免太灵通了。

距离传出老师自杀的消息才过了一天而已，亚尔康企业竟然已察觉幼儿园儿童所使用的电子叶有问题。虽然他们不见得知道小知所拥有的是"量子叶"，但他们只要把十几个孩童的电子叶全部回收，最后总会得知这个事实。

我一面故作镇定，一面思考该如何应对。总不能乖乖地把小知交出去。一旦量子叶遭回收，我就会失去探索老师真意的重要线索。小知被带走后，一定会立即被送进医院，强制执行重新移植的手术。如此一来，"四天后的约定"当然也无法遵守。

"上头竟然派我来处理这件事，可见得那玩意非同小可。"素月看着自己倚靠的大型特种车，接着说道，"不过连这个都派出来，实在是有些小题大做了。"

"根据信息厅掌握的消息，道终知的信息等级为零，但这点需要慎重求证，或许她使用了个人资料伪装装置。"作业员解释道。

我忍不住望向宿坊。小知正睡在里头。

事实上她并没有使用个人资料伪装装置。在外人眼里，她的信息等级为零，那是因为她的信息安全层级确实是零。

小知虽然拥有最强的信息搜集能力，但那毕竟只限于信息的搜集而已。在信息的"防护"上，小知并不具备任何特殊能力。若遭到外界入侵，小知确实只是个毫无抵御能力的"等级零"。

"审议官，请问你是否看出了什么端倪？"作业员问道。

"我并没有发现任何伪装的违法行径……"

我回答得含糊其词。基于我的身份，不能让这些人发现我知情不报。

作业员关闭了视窗，接着说道："基于上述理由，必须请御野审议官协助我们捉住道终知。如果可以的话，能不能请你说服她与我们配合？"

"捉住之后，你们会拿她怎么样？"

"我们会将违法的电子叶取下，交给亚尔康企业，并重新为道终知装上正规产品。"

"御野，我听说那女孩从小在幼儿园长大，而且是道终常一的养女？"素月以轻浮的口气说道，"道终常一已经死了，现在那女孩由你接手扶养吗？"

"这点还没有正式决定……"

"她才十四岁……"素月微微垂下了头，似乎正在阅读启示视界上的信息。只是他戴了墨镜，从外表看不太出来。"哇，天啊！这女孩未免太可爱了吧？"

他突然发出了鬼叫，似乎正在看小知的照片或影片。

"我本来以为捉拿一个小孩很无聊，没想到竟然是这样一个美少女！御野，你快把她带过来吧！"

"……但现在是三更半夜……"

"你在说什么傻话？我们是来抓她的！"素月的态度突然变得强硬了起来，"你想想，虽然只是个小丫头，但她脑中被塞进了违禁品，而且不见得是被逼迫的。或许她是自愿把那个电子叶移植进脑袋里的，若是如此，那她就是共犯，遇上我们肯定就会逃走。正因为我们不希望被她逃掉，才会在三更半夜大老远地跑来深山里。低等生物，明白了吗？"

六角形墨镜上的黄色荧光似乎变得明亮了些。

"难道……你不希望我们带走她？"

素月以仿佛洞悉一切的神情盯着我。

当然不希望。一旦她被带走，一切就完了。但我无法拒绝这个要求。我身为信息厅职员，没有任何理由能够拒绝将她交出去。少女使用了违禁品，政府机关派人将她带走，这听起来没什么不对。一旦我拒绝配合，我就会被当作违禁品使用者的共犯，成为名副其实的罪犯。

"没那回事……"

"既然没那回事，就快把她带来。"

"但是……"

"你要搞清楚！"素月对我伸出食指。

接着他打了一个响指，就在那一瞬间，我突然感觉有只巨大的昆虫爬上了我的手腕。

"哇啊！"

我吓得大声尖叫，慌忙甩动手臂。但手上什么也没有。这是怎么回事？

启示……触觉？

"御野，其实我不需要征得你的同意。"素月不耐烦地说道，"我可是等级＊，以我的权限，可以使用任何手段把那名初中生美少女带走。我可以将电子麻药强行输入进她的电子叶里，让她精神错乱，自己脱光了衣服跑出来。但这么做未免太不人道了，所以我才想和平解决这件事。这可是我的一番好意，你竟然还摆脸色给我看，真是太让我失望了。见了你这副死德性，我就忍不住想来硬的，信不信我让她全身一丝不挂，口水跟小便洒满地。你再不答应，我可要动手了。"

我抚摸着仿佛被昆虫爬过的手腕，点了点头。

遇上这样的对手，根本不可能赢。

启示触觉的控制，比起经过象征转化的视觉控制及听觉控制更加困难得多。对方竟然能轻而易举地做到，让我不禁对等级＊的能力产生恐惧。与他敌对，简直是自寻死路。一旦惹火了他，他可能真的会将小知玩弄一番再带走。

挫折感迅速在我的脑中扩散。既然无法阻止小知被带走，至少得让小知少受一点折磨。毕竟小知只是个无辜的十四岁少女。

我垂头丧气地转过了身，踏上通往宿坊的石阶。

小知应该还睡在宿坊里头吧。

"哎呀?"

背后的素月发出了一声怪叫。

我抬头一看,小知竟站在那里。这排石阶大约有五十级左右,小知就站在最上头,身上穿着睡前换上的轻便和服。

我勃然大怒,转头怒视素月。

"喂,你可别误会,我可什么都还没做,是她自己跑出来的。"

我再次抬头望向小知,想要呼喊她,却不知该说什么。即使我现在拼命抵抗,结果也是凶多吉少。在电子叶方面,我敌不过等级 ＊ 的素月。就算以实际的人数来看,也是机密课这帮人占上风。

看来只能认命了。

除了任凭小知被他们带走,我没有其他选择。我什么也不能做,也只有这样才能确保小知不会遭受残酷对待。

"哇啊……"素月取下墨镜,望向石阶顶端,"本人竟然比影像更加可爱,这真是太有意思了。看看那副楚楚可怜的模样,简直像洋娃娃。"

素月忽然露出猥琐的笑容,接着说道:"我改变主意了,我要好好欣赏这个尤物一番。"

"什么……"我瞪着素月说道,"喂,你别乱来!住手!"

素月对小知伸出了手指。

"你不必叫我住手,我连碰也不会碰她一下。"

素月弹了一下手指。

我紧张地望向石阶顶端。

小知依然一动也不动地站着。

"咦？"

素月狐疑地将脑袋歪向一旁，又弹了一下手指。

"这是怎么回事……"素月低声呢喃，"明明没有防卫系统，为什么指令失效了？"

素月用脚尖踏了地面一次，接着又连踏两三次，但依然什么事也没发生。小知只是静静站在石阶上俯视着我们。

"……我的指令一进入她的电子叶就消失了？"素月愤恨不已地说道。

我心头一紧，赶紧将视觉影像切换为信息分布观测图。建造成道路及石阶的信息素材及喷洒在周围树木上的信息粉剂，以图像的方式呈现出了周遭一带的通信量状况。

素月又踏了一次脚。突然有条鲜红色的带状物自他头顶的电子叶射出，划破夜空抵达小知的头顶。那是一些经过高度压缩的指令，企图入侵并攻击小知。但这条红色带状物在碰触到小知的头顶时，竟消失得无影无踪。

下一瞬间，我便明白发生了什么事，不由得打了个冷战。

"你解析了我的指令？"素月也想通了，"你在一瞬间解析并破解了我的指令？不……这不可能……"

这是不可能做得到的事情。

建立防护系统是防止网络黑客攻击的基本做法。就好像筑起一道高墙一样，这道墙筑得越坚固、越复杂，就越能有效抵御攻击。而这道高墙可以事先筑好，不必等到遭受攻击时再慌忙应对。

黑客战争的本质，在于资料传输量的对决。双方比的是哪边送出的资料更多，以及哪边能够成功解析更多敌方的资料。传输量取决于演算速度与时间。传输量较多的一方，就能获得最后胜利。因此能够事先花时间慢慢建立好防护系统的一方，基本上占有较大的优势。

若站在这个基本观念的立场来看，小知刚刚做的事情简直跟魔法没什么两样。

她根本不具备任何防护系统。

那就像是把飞在空中的子弹在刹那间溶解一样不可思议。

这种有如天方夜谭的事情，世界上没有人做得到。

"御野……这丫头到底是何方神圣？"

我没有回答。下一瞬间，我感觉全身宛如遭电击一般剧痛难忍。

"啊啊啊！"我痛得在地上打滚。

"还不快回答我！"

我趴在地上，全身使不出半点力气，脸颊紧贴着冰冷的路面。

"那臭丫头到底是什么来历，快给我说清楚！你一定知道些什么！"

"……那个少女……"

我窝囊地倒在路面上，以仅存的力气抬头看向素月。

我挤出了笑容。

"……可是等级九。"

"……什么？"

素月盯着小知。

"我改变想法了。我要让她当场跳脱衣舞！我要在她的脑袋里塞进大量电子麻药，让她彻底发疯，亲手把脑袋里的电子叶挖出来！反正我的任务只是取回电子叶，她的死活不关我的事！喂，把那个打开！"

"素月机密官，这么做有点……"一名作业员试图劝阻。

"少废话！"

骤然间一声闷响，那名作业员的鼻腔喷出大量鲜血。

"咕……"

接着他不由自主地翻起白眼，整个人瘫倒在地上，身体不断抽搐。

这是典型的"电子叶失常"症状，如今发病率极低，这显然是素月下的毒手。

"你们等级四只是消耗品，就算搞死两三个，上头顶多只会骂我两句而已。如果不想死在这里，就乖乖照我的话去做！"

剩下的两名作业员一听，慌忙回到车上，开始操作驾驶座前的控制盘。

随着"啪"的一声刺耳声响，原本静止不动的集装箱开始缓缓开启。铁制的机关瞬间变形，壁面慢慢下降，出现了大约十根天线。随着壁面消失，里面的物体暴露在信息素材的监视之下，可即便以肉眼也能看得一清二楚。

堆在车后集装箱内的东西，竟然是大量的人脑。

一个个附有小窗的透明箱子高高叠起，每个箱子都装满了黄色液体，里面浸泡着裸露的人脑及电子叶。信息素材搜集到的信息，告诉了我正确的数量。这些像砖块一样堆在一起的人脑箱子共有一百二十八个。我曾经听说过这东西——人造大脑演算装置。

"御野，你若保护不了自己，就只能自求多福了。"

素月对我说道。这句话代表什么意思，我旋即从眼前的景象中得到了答案。

蓦然间，无数只触手腾空而出。

有如摆脱了集装箱的束缚，自内向外延伸出去，恣意地扭动着身体。它们类似于水母的触手，呈半透明状，表面仿佛涂上了生物的油脂，看起来油腻腻的。这些触手不断涌出，弯弯曲曲的样子令人头皮发麻，光是看着我就恶心。生理上产生的排斥反应，来自人类最原始的本能。

触手自特种车疯狂向外钻出。有些沿着地面爬行，有些侵犯着天空，不断朝我逼近。幸好我在千钧一发之际理解了这些触手的本质，随后我以稍微还能动的手指下达指示，启动等级五的信息防护系统。触手终于在我眼前停止繁殖，并微微后退。

这时，我想起了一些关于人造大脑演算装置的信息。

这是一种军用装置，具有极强的演算能力。人类将人工培养出来的大脑与电子叶进行组合搭配，并将其作为一种高性能的生物CPU投入使用。

但是这套技术还不成熟，由于人工大脑是一种生命体，有着难以精确控制的致命缺点。虽然能快速执行操纵者下达的运算指令，但除此之外还会执行一些与指令无关的信息演算。这套技术尚未排除这个问题，因此会出现一些副作用，例如人工大脑周围的信息素材及一般人的大脑会受到干扰，导致出现"启示幻觉"。如今我眼前所见的触手，正是副作用之一。

信息等级较高的人可以提高安全防护层级来降低副作用的影响，但若是等级三以下的人，光是站在人工大脑附近恐怕就会发狂。那简直就像是不断向外喷发毒品的装置。

但人工大脑所能做到的事，足以让人对这些副作用睁一只眼闭一只眼。

"这玩意的速度可是很快的。"

素月兴奋地说道。正如他所言，只要他用人造大脑演算装置进行前置运算，轻松就能达到一百二十八名一流黑客加起来也达不到的效果。恐怕世界上任何防护系统都无法阻挡这股力量。

无数触手围绕在素月的脚边。他抬头望着石阶的顶端，呢喃说道："好了……欣赏美少女裸体的时候到了。"

忽然"哔"的一声轻响，启示视界弹出了一面视窗。那是公共层页，不管是素月还是倒在地上的我都看得到。开启这个视窗的人正是小知。

视窗里排列着无数裸体图片，有男有女，有照片亦有绘画。这些图片呈不规则排列，显然只是以"裸体"为关键字在网络上进行图像搜索的结果。

在场所有人都听见了小知通过公共声道说出的一句话："请。"

"真是好大的胆子！"

就在这一瞬间，我的脑袋深处响起了一阵独特的吱嘎声。那意味着周边一带的信息素材正同时将其机能发挥至极致。我倒在地上动弹不得，眼前翻转了九十度的景象呈现鲜艳的红色。触手在不断变长、变粗，朝着天空延伸。素月的电子叶与人造大脑演算装置合力释放出了惊人的传输量。那是等级五的我绝对无法达到的庞大数量。素月不耍任何小手段，单靠等级 ✱ 及军用装置的演算能力试图强行突破。泛着油光的触手与信息分布观测图中的鲜红血液互相交融，看起来像是一条条沾满了鲜血的章鱼脚，朝着石阶直冲而上。那景象堪称人间地狱。庞大得足以令人发狂的资料洪流扑向了站在石阶上的小知。

下一秒，一切都消失了。

在碰触到小知的那一瞬间，那些血，那些油，那些章鱼脚，被分解得一点不剩。小知的躯体表面仿佛覆盖着一层薄膜，在转瞬之间将席卷而来的资料全部化解掉了。

"这不可能这不可能这不可能这不可能这不可能这不可能这不可能这不可能这不可能！"

素月像念经一样咕哝个不停，以水库泄洪般的气势再次放出大量资料。红色越来越鲜艳，蠕动的触手也越来越多，其中少数触手已缠绕上我的身体。我甚至来不及化解这些偏离了正轨的触手。信息的密度有着显著的提升，不单是速度变快了，素月还释放出了更复杂、更棘手的资料，企图突破小知身体周围的防护膜。那强大的力量令我不由得看得如痴如醉。若只是单纯依赖等级的权限，绝对无法施展出如此惊人的黑客技术。可见素月本身亦有令人叹服的能力。

但是那宛如排山倒海般的攻势，却全被石阶上方的小知那小小的脑袋给化解掉了。

消失了。一切都消失了。不管是可怕的触手，还是鲜红的奔流，全都蒸发在空气中。

没有丝毫犹豫，没有丝毫延迟。

那是一种难以加以定义的演算速度。

原来我一直抱有误解。或者又该说我明明早已预料到，却从来没有深入思考。这才是等级九的量子叶的看家本领。利用安全性漏洞来去自如不过是其看家本领所带来的附加价值而已。

量子叶的最大优势，是速度。

总之就是快。压倒性的快。比军用演算装置，或是世界上任何处理器都快。

即使素月使出浑身解数发动攻势，在小知的眼里那就跟静止不动没什么两样。溶解在空中飞行的子弹这个比喻已不足以形容小知的行为，那更像是拿着手术刀解剖空中飞过的鸟。

　　"该死该死该死该死! 搞什么搞什么搞什么! 我不可能输给这个臭丫头! 不可能不可能不可能! "素月激动得绷紧了全身肌肉,对着小知破口大骂, "我要使出绝招了! 我可不管你会有什么下场! 喂,还不快开下去! "

　　坐在驾驶座的作业员听见素月的喝声,赶紧按下按钮。人造大脑演算装置突然发出嘶嘶声。只见黄色液体中混入了一些蓝色液体,同时培养液开始放出淡淡的光芒。强烈的通信感伴随着刺耳的声响回荡在周围。

　　骤然间,一股从未体验过的味道灌入了我的口鼻。人造大脑演算装置已开始对启示嗅觉及启示味觉造成了影响。我拼命设法提升安全层级,却毫无招架之力。

　　从特种车的车底缓缓流出了一圈腐臭的油脂。

　　黄色的油脂不断涌出,沾在蠕动的触手上,散发出令人作呕的酸臭味。这些像脓一样的液体甚至开始从半空中冒出,滴落在地面上。混浊的脓状液体形成一摊水,无数的触手在其中翻腾、滚动。人造大脑演算装置的周边一带,已化成了噩梦中的世界。除了素月之外,没有人能够控制得了这些疯狂的信息团块。

　　"该死! 我终于明白上头为什么要我带这玩意来了! 那个混蛋首席执行官早就知道是这么回事! "素月咒骂一声后,忽然又笑了起来,"不过马上就要结束了! 你可别怪我,要怪就怪将这玩意交给我的那些人! 好可惜好可惜! 恐怕还没开始跳脱衣舞,你就已经彻底发疯了！喂，你可要尽量保持理性，至少等跳完脱衣舞再说！"

素月的墨镜散发出了猥亵的霓虹光芒。人造大脑演算装置不断制造出腐臭油脂及触手奔河。一百二十八颗人造大脑释放出了比之前更加庞大的资料，在整个视野中泛滥成灾，仿佛世界已遭油脂淹没。

"该收工了！"

素月这句话一出口，爆发而出的资料量更是多得令人难以置信。原本几乎淹没周边一带的油脂全都向小知聚拢，与从车后集装箱喷涌而出的资料油脂合而为一，形成了一股滔天巨浪，瞬间将石阶完全吞噬。

站在石阶顶端的小知，转眼间已遭灭顶。

"呼……"

素月吁了口气，露出心满意足的笑容。

我依然倒在地上，早已看得傻了。

"哎呀哎呀哎呀……真是有惊无险。我本来以为等级九只是句玩笑话，没想到一个小女孩竟然这么厉害。她到底是什么来头？难道真的有等级九？她简直强得像妖怪一样，我可只是个凡人。若不使用道具，哪能赢得了？"素月带着一脸狞笑看向石阶，"算了，反正最后是我赢了。御野，你也一起来看吧。就是这个！我想看的就是这个！"

我勉强支撑起依然麻痹的身体，跟着望过去。

"出来了出来了！终于出来了！竟然没变得疯疯癫癫，实在是了不起。一般人吃了那一招，早就已经断气了。没想到她还能维持着理性跳脱衣舞，真是吓死人不偿命。这个丫头实在是太可怕了。话说回来，我费了这么大功夫，终于达到了目的，真是太感动了！这还是我第一次对女人的裸体感到这么兴奋！我好激动，我好激动！快要喷鼻血了！御野，你瞧！竟然来了第二个！咦？不对，有三个？等等，怎么越来越多了？这是怎么回事？裸女未免太多，太刺激了吧！不断冒出来，不断冒出来！这是裸女的游泳池吗？我快溺水了！裸女裸女裸女裸女裸女裸……噗……"

我听见了素月扑地而倒的声音，却没有心思转头看他一眼。

我眼中只有噩梦结束后的世界。

在风暴止歇的视野之中，小知静静伫立着。

一根细细长长的红丝线，自她的脚下延伸至素月身上。

素月与人造大脑演算装置所放出的资料海啸，竟被她压缩到了极致，最后形成了一根超高密度的资料丝线。

"原来是要这么做。"小知轻声说道。

毋庸置疑的一点是，小知如今也成了黑客。

小知不断对素月的黑客攻击进行分析、破解。面对拥有过人技术及高超演算能力的素月，小知不仅在一波波攻击中屹立不倒，而且竟然开始有样学样。

而且她学会了。

原本小知对黑客的技术、知识及防护系统的概念一无所知。但在这短短的数分钟之内，她熟悉、掌握了这一切，而且操作起来自是驾轻就熟。这就是量子叶的力量。超越了人类极限的思考速度。她的演算速度与人类相比可以说是一个天上一个地下，在人类的眼里，她就像是住在另一个时间被冻结的世界之中。

她刚刚对素月做出的行为，就好比把一只朝自己飞来的鸟儿在空中进行解剖，彻底记下了全身每个部位的构造后，再将伤口缝合，让鸟继续飞行。

这已超越了人类想象的极限。

两名脸色苍白的作业员赶紧下了车。他们看见素月喷着鼻血倒在地上，吓得说不出话来。

"请带着他离开吧。"

小知以公共声道对他们说道。但两名作业员依然迟疑不决。他们的任务是将小知带走，基于职责总不能空手而归。两人面面相觑，不知如何是好。

小知对着站在远处的两人，以在耳畔细语的口气说道："你们想死在我的念力之下吗？"

两名作业员大惊失色，连滚带爬地将素月塞进车内，匆匆开着车子离开了。身穿轻便和服的小知走下阶梯，将依然全身麻木的我扶起。我愣愣地看着她，依然不敢相信她拥有那种非人的力量。

她一脸腼腆地对我说道："这是我第一次恐吓别人。"

Ⅲ. 成年

1

我彻夜难眠。

在酒店房间的床上坐了起来，时间在启示视界上一闪即逝。清晨六点半。晨曦自蕾丝窗帘外透入，照亮了室内。

隔着墙壁的另一侧传来水花声，但不久后便归于宁静。片刻后，身穿 T 恤及短裤的小知一边用毛巾擦拭着头发一边走了出来。

"早安。"

"……一大早洗澡，真有闲情逸致。"

"早上洗澡很舒服哟。"

小知给了我一个少根筋的回答。

"你明白现在的状况吗？"我精神萎靡地摇头说道。

昨晚我们遭到亚尔康企业唆使信息厅派出的特殊部队袭击。那几个机密信息课人员想要将小知强行带走并回收她脑中的量子叶，结果却被小知打得落花流水。

小知的行为本身无可厚非。那是她唯一的选择。老师一定不希望他装在小知身上的量子叶被夺走，小知自己当然也不希望。既然无法服从机密课人员的指示，当然只能反抗。然而她虽然成功击退机密课人员，却连带衍生出了另一个问题。

那就是我们都成了通缉犯。

如今小知成了"擅自使用亚尔康企业被盗的技术并畏罪逃走的歹徒"，而我则成了共犯。我们完全没有辩解的余地。虽然量子叶完全是老师一手研发的，但亚尔康企业是他的雇主，这个理由完全站不住脚。

而且机密课人员在对上小知时一败涂地，亦将使信息厅更加认识到这件事的严重性。毕竟小知可是能够轻易打败等级 * 的人物，信息厅绝对不会放任这种人在京都来去自由。

如今别说是信息厅，想必连警察也开始在追捕我们了。昨晚我本想先回家一趟，却遭小知警告"有警察"，只好放弃了这个念头。最后我们只好找了间市内的酒店躲了起来。

但有件事让我感到纳闷。信息厅如果认真起来，应该马上就能查出我们躲在饭店里才对。毕竟信息厅可是拥有等级 * 的权限，别说我们是躲在京都市内，就算是躲在全国任何角落，恐怕也逃不出他们的手掌心。

"不用担心，我已伪装了我们的身份。昨晚那位机密课的先生教了我很多事情。"小知说得轻描淡写。

我有气无力地仰天长叹。再这么下去，我感觉自己快被逼疯了。

直到昨天为止，我都以为等级六是最高等级。没想到不过短短一天的时间，我竟遇上了等级九用伪装技巧蒙骗等级 ✱ 的监控系统的场面。这完全颠覆了过去我所知道的常识。

倘若小知所言属实，短时间之内应该是不用担心会被发现才对。

"接下来你有什么打算？"

小知听我这么一问，忽然取来桌上放着的酒店介绍手册。她将那本长方形的手册摊开，指着早餐的菜单说道："我想试试自助餐。"

酒店餐厅内相当嘈杂，因为这里刚好住了一群修学旅行中的学生。那些身穿制服的孩子们一个个兴高采烈地将餐点塞进盘里。我们这位大小姐也混在孩子群里，虽然没有喧哗吵闹，但脸上同样带着兴奋之色，正在认真地挑选菜品。

最后小知端来了炖菜和汤豆腐。

"修学旅行的第二天想安排什么行程，大小姐？"

我自暴自弃地问道。在昨天之前，我只是单纯带小知到她想去的地方，但如今我们遭到警方通缉，如果少了她的保护，恐怕我连一秒钟也活不下去。我唯一的活路就是寸步不离地跟在她身旁。

"今晚要去一个地方。"

她说得很平淡，似乎没察觉我那句话是在讽刺她。

"还真的有行程……我不知道你想去哪里，但我们现在可是通缉犯，没时间到处闲逛了。"

"我不会让我们被抓到的。"小知说得信誓旦旦，"而且……"

"而且什么？"

"若不去那个地方，就没办法遵守'约定'了。"

"约定？你指的是四天后的那个……"

"连大哥，我是在前天晚上告诉你关于约定的事。昨天我们去了寺庙，到今天已过了两天，所以还剩两天。"

"……在这种情况下，那个约定还有效？"我一脸诧异地问道。

小知点了点头。

"但前提是今天必须先去那个地方。"

小知说完后，对我嫣然一笑。那笑容仿佛在表示"你没有其他选择"。我不禁无奈地掩面叹息。没错，我确实没有其他选择。

"……好吧，要去哪里？"

"都已经联络好了，有个人会为我们带路。"

就跟昨天一样，小知在公共层页上公开了电子邮件的往来记录。果然我早已被安排得明明白白。我无计可施，只好读起了信的内容。但我发现那封信收件人的网域名称相当眼熟。

"这个带路的人是……"

"官内厅京都式部职式部官长。"

"官内厅？"我忍不住说道，"那可是政府机关！虽说官内厅与信息厅并没有职务上的往来，但是……"

两者同为京都市内的公家单位，有什么重大消息当然还是会互相联系。不管怎么说，官内厅的人绝对不会愿意协助两个通缉犯。

"你跟那种人约了要见面？对方是可以信任的人吗？"

"没见过面，对方应该不认识我。"

"你说什么？"

"我只在信里写了今晚会过去，对方没有回信。"

我一看信的内容，确实只简单表明了拜访之意。

"你刚刚不是说都联络好了？这算什么联络？"

"我认为这是最适当的说明。"

我听得有如丈二金刚摸不着头脑。这小丫头在说什么啊？

"约好的时间是晚上九点。"小知自顾自地说着。

我决定放弃思考。至少在晚上九点前，我还能躲在酒店好好养足精神。这是我目前心中最大的安慰。

"不，白天我们得出去买些东西。"

"从刚刚到现在，你说的每一句话都让我无法理解。"

"既然伪装了身份，走在街上跟待在酒店里没有任何差别。而且我需要买一点东西。"

"大小姐，您需要什么？"

"礼服。"

"这又是为什么？"

"为了今晚赴约，我需要盛装打扮。连大哥，你最好也穿得体面一点，我们一起去买吧。"

"换句话说，我们得到卖礼服的地方……"

我捧着额头甩了甩脑袋。为了让意识追得上局势变化，只拥有普通电子叶的我感觉脑袋已快承受不了负荷了。但即使是低等级的脑袋，还是很努力地试图理清现在的状况。突然，我想到了一件事，那就是她身上根本没钱。

"我得自掏腰包？"

"我会给你回礼的。"

小知露出充满自信的微笑，啜了口红茶。

2

白天的四条河原町一带人满为患。

小知穿着制服，我穿着西装，打扮跟昨天毫无不同。我们在众目睽睽之下沿着大路前进，既没有乔装易容，也没有避开人群。

"身为通缉犯，这么做会不会太招摇了……"

"你担心吗？"

"能不担心吗？你的能力只能伪造我们的电子身份记录，让人无法锁定我们的所在位置而已。

但这件事既然已惊动了警察，路上可能会有警察在巡逻，一旦我们被看到……"

我说到一半，偶然往身旁瞥了一眼，竟发现小知突然不见了。我先是一愣，接着察觉脚下似乎有东西。

低头一看，脚边竟有一头猪。

"哇啊啊！"

我吓得连退数步。那头猪身上十分肮脏，正不断发出呼噜声，周围充斥着家畜的臭气。为什么街上会突然出现一头猪？

我左顾右盼，又察觉到一个不对劲的事。周遭的人群露出狐疑的眼神，纷纷避开了我跟猪。但他们的视线并非落在散发臭味的猪身上，而是落在我身上。

"启示装置能够影响所有通往大脑的神经束，对五感发挥作用。"猪突然开口说道。那是小知的声音。

"只要移植了电子叶，五感就脱离不了启示装置的控制。我现在正是借此操控启示视觉、听觉及嗅觉，让我在你眼里变成一头猪。"

话一说完，猪又在一瞬间变回了小知。原本难闻的臭气也消失得无影无踪。周遭恢复了正常，仿佛什么事也没发生。

"伪装的范围并非仅有电子数据而已。对人伪装五感，对机器则伪装质量、形状、温度、声音、电磁共振、多普勒效应等。就算有肢体接触，也不会穿帮。"

我越听越是惊愕。

昨天我已见识到量子叶的演算速度有多么惊人，但如今她说出的这番话只能以荒诞来形容。如果不是亲眼看见她变成猪，我一定会对这种事嗤之以鼻吧。这样的信息处理能力，早已远远超越了一般常识。拥有量子叶的她，如今又学会了黑客技术，在现如今这个信息化社会里可以说如入无人之境。

现在我终于能够理解老师为什么将小知比喻为等级九了。她的能力与等级六相差悬殊，足以越过了七跟八。六与九之间，在本质上就截然不同。

为了消除我这低等生物的不安，小知好心地将周边一带的警察所在位置告诉了我。我的启示视界上出现了地图及警方人员配置图。合计共有二十二名巡逻警察、六名便衣警察。就如同我一开始的猜测，事态已是一发不可收拾。

接着她又让我看了她施加在我们身上的伪装信息。启示视界的角落弹出另一个视窗，上面播放着附近的警察眼中的视野景象。在警察的眼里，我们两人只是随处可见的参加修学旅行的学生，正在享受着河原町的热闹气氛。

3

装潢华丽的店内空间摆满了礼服。

这家礼服店位于四条河原的十字路口附近，店内所展示的礼服多达上百套。除此之外还有各种搭配组合的手提包、鞋子及饰品等，在灯光照明下熠熠发亮。

小知正心无旁骛地挑选着礼服。一会说这件好，一会说那件棒，那副喜形于色的模样就跟一般的女孩毫无不同，几乎让我忘了她是等级九。但不论我多么想忘掉这件事，都无法改变她是个异类这个事实。

"连大哥，这件如何？"

"呃……嗯……"

我一看这套礼服的商品信息，顿时吞吞吐吐，不知该说什么。不愧是名牌货，要价一百零二万日元。

"抱歉，小知……"

"怎么了？"

店员正站在一旁对着我微笑。我招手将小知叫到身边，以店员听不见的轻声细语说道：

"我觉得……我们根本没有必要买礼服。凭你的黑客技术跟电子叶操纵技术，让对方看见你身穿礼服的幻觉应该不难吧？"

"嗯。"

"既然如此，根本不必真的准备……"

真正的理由，是我嫌那礼服太贵了。若是从前的我，倒也不是买不起这个价位的东西。但今非昔比，我与小知都遭到信息厅追捕，且将来能够回归职场的可能性微乎其微。既然丢了工作，当然也就没有了收入。为了今后打算，现在起每一分钱都得花在刀刃上。

"这次就靠你的能力来解决吧。"

"连大哥，这么做是本末倒置了。"

"本末倒置？"

"连大哥，你误会了服装礼仪的意义。"小知就像是对着儿子谆谆教诲的母亲一般，"什么样的场合就该穿什么样的服装，这并非制式的规范，而是必须依自己的想法挑选适合该场合及见面对象的服装。换句话说，就是必须站在对方的立场思考，以行动来表现出自己的敬意。这才是服装礼仪的内涵与意义。利用电子叶来虚拟出礼服，虽然质感与真正的礼服完全一样，但那是诓骗对方的行径，这与彰显敬意背道而驰。请你明白，最重要的并不是有没有礼服，而是内心是否秉持着正确的态度。"

一番大道理说得我哑口无言。不论从理论面还是道德面来看，小知这番说辞都无懈可击。我心里唯一的疙瘩，就是我们现在的处境似乎不是拘泥于这些小事的时候。但我根本不知道接下来事态会如何发展，也不敢奢望自己能够在这一点上说服她。

唯一值得庆幸的一点，是现实状况似乎对我有利。店内礼服虽多，符合初中生尺寸的现成品却相当少。

"这一套的价格您也许可以接受。"女店员委婉地安慰了我。一看标价，十二万。或许是看了刚刚那套的关系，我竟然觉得这衣服挺便宜。如果时间够充裕，小知搞不好会定做一套礼服。幸好今晚就得赴约。

小知拉开了试衣间的布帘。

在仅有的几个合适的选项中，小知选了一套以白色及粉红色为底，裙摆的蕾丝边像花瓣一样垂坠而下的长礼服。这是一套 "可爱风格"

的礼服，尺寸刚好适合十多岁少女的体型，在设计上也着重于衬托了稚嫩少女的娇弱氛围。就好像为刚开的花朵加上可爱的包装，足以带来赏心悦目的满足。

然而穿在小知的身上，给人的感觉却迥然不同。经过盛装打扮的小知，散发出一种冷艳的美感。宛若珍贵的陶瓷艺术品一般，光是随意地摆在那里，就足以令周围的空气下降数度。

"您的女伴真美。"女店员对我低声说道。我也不禁被那股难以言喻的美感搅乱了心神。就像一朵经过了特殊处理的保鲜花，生命之美与无生命之美达到完美的调和。

小知低头看了一眼身上的礼服，露出欢愉的微笑，似乎相当满意。她穿上高跟鞋后走出试衣间，来到了我的身边。

"如何？"

"很漂亮。"

小知又踏出两步，走到我面前，两人的脚尖几乎相触。由于距离太近，我反而看不清楚她身上的礼服了。她举起了右手，说道："连大哥，你会跳舞吗？"

"……跳舞？"

从她摆出的动作来看，她指的应该是宴会上跳的社交舞。但很遗憾，我没办法实现她这个心愿。

"我不会跳舞，从来没跳过。虽然工作上有时会受邀参加宴会，上头也老叫我学，但我的一贯做法是推掉所有宴会。"

"连大哥，既然你不会跳舞，当我伸出手时，你怎么知道这是跳舞的姿势？"

"这点常识我还是有的……"

"那就够了。"小知转头朝店员问道，"我们能跳一下舞吗？"

店员神色古怪地点了点头。获得了店员的许可后，小知又举起左手。启示视界上弹出了指示，要我将手搭在她的身上。看来她是真的想在这里跳舞。店内相当宽敞，倒也不是不能跳舞，但我是真的没有经验。

虽然可以靠电子叶得知跳法，但像这种运动类的事情还是得有经验才行。电子叶并不是一种万能的机器。明知道多半会踩到她的脚，我还是依照她的指示伸出了手。

左脚往前踏出一步。

小知配合我的动作，右脚退了一步。

"咦？"

虽然只是一个单纯的脚步动作，却让我错愕不已。

因为先动的是我的脚。

紧接着左脚又往前踏出了一步。

她的手仿佛在引导着我。

我自然地踏出了第二步，往前。第三步，往左。第四步，靠近。

我学会了怎么走位。我会跳了。

启示视界及启示听觉没有给予我任何指示。电子叶也没有遭到操控。

所有的信息皆来自小知的手部、脸部及身体。

获得信息的也是我的手部、脸部及身体。

"跳舞是一种单纯的信息交流方法。"小知一面跳一面呢喃,"即使不说话,靠肢体语言也可以达到沟通目的。尤其是社交舞,因为它是为了方便沟通而精心设计出的舞蹈。只要其中一人'口齿伶俐',就算另一人'词不达意'也没关系。"

在有限的店内空间里,我和小知相互引导着跳起了舞。以前我真的一次也没有跳过,现如今我的每个动作行云流水,仿佛对每次走位都了然于心。我从未尝试过以这种方式与人沟通。

店员看得目瞪口呆,对着我们一直鼓掌。

4

太阳即将西沉,我们结束购物后平安回到了酒店。我望着窗外的阳光,启示视界自动显示现在时间为下午四点。

我将买来的东西放在床上。除了西装及礼服之外,小知还买了一台附有耳机的旧型随身听。自从进入电子叶时代,耳机、荧幕这类产品都逐渐从市场上消失了,不知道小知买这种东西做什么。至少小知跟我应该都用不到这玩意才对。

放下了手上的东西后,我因过度疲累而整个人瘫倒在床上。当然不是肉体上的疲累。我们在礼服店里只跳了一分钟的舞而已。感到劳累是因为我必须时刻紧绷精神。即使小知已信誓旦旦地保证了我们的伪装非常完美，但走在到处都是警察的街上还是不敢放松片刻。

我想稍微休息一下。距离赴约应该还有一些时间才对。

"对了，你跟那个人约在哪里？"

"很近，走着就能到。时间很充裕，休息一下吧。"

小知拿起了酒店房间内的热水壶，似乎是想泡一杯咖啡给我喝。这种便携的滤挂式咖啡包泡出来的咖啡，味道应该不怎么样，但聊胜于无。

说起咖啡，我的脑中顿时浮现出了三缟泡的咖啡。那才是我平时喝惯了的味道。

我在启示视界上开启了网络视窗。如何遭到政府通缉，照理说电子叶的机能也会被立即封锁。如今我能正常使用网络，似乎也是小知的功劳。

我点开了三缟的个人公开网页。这是一种交流用网页，可以在上面发表日记或是向亲友告知近况。三缟向来讨厌做这种事，几乎不曾发表任何文章。她也曾亲口说过，那只是与点头之交维持基本人际关系的工具。因此就算进入这种网页，多半也得不到任何信息，但我还是忍不住这么做了。因为开启网页的行为本身，就能让我有种与三缟建立起联系的错觉。

没想到点开一看，竟然有一篇文章。

　　　　　　　昨天看见了这样的蝴蝶。

　　虽说是文章，也只有寥寥十个字而已。但除了文字之外，还附了一张照片。照片里的是一只翅膀呈红白双色的大蝴蝶。电子叶自动搜索到了这只蝴蝶的品种与简介。仔细一读，我豁然醒悟这根本不是什么"昨天看见了蝴蝶"的日记。这种蝴蝶名叫"鹤顶粉蝶"，是一种生长在热带地区的蝴蝶，国内主要分布在九州南部及冲绳一带，住在京都的三缟绝不可能在昨天看见这种蝴蝶。而且更重要的是，三缟不是个会写这种日记的人。

　　这不是日记，而是特地写给我看的信息。

　　"鹤顶粉蝶"是一种带有神经毒性的有毒蝴蝶。换句话说，三缟其实是想告诉我："厅[1]有毒。"

　　这多半意味着在信息厅内部，不仅是机密课，就连信息官房也已接到了关于我的消息。一旦我不在，三缟就是信息官房的核心人物。上头一定下达了命令，让她想办法把我找出来。

　　然而三缟却违背职责，写了这样的信息给我。她在告诫我"小心信息厅的人，别接近信息厅，信息厅与你已不是一路人"。她知道我做了违法的行为且正遭到通缉，却还在设法帮助我。

　　我的脑中浮现出了三缟的面庞。距上一次喝她泡的咖啡才过了三天，却又恍如隔世。毕竟这三天之中，我遭遇了太多人生巨变。

1　日文中"蝶"与"厅"发音相同。——译者注

与老师重逢……与小知相遇……老师去世……等级九……信息厅的追兵……逃亡……

我的脑袋正在发出哀号。它在呐喊着"够了，让我休息一下吧"。

我好想再喝一次三缟泡的咖啡。

"你喜欢三缟歌小姐？"

这突如其来的问题打得我措手不及。

"你又擅自读了我的内心？"

"对不起……"

"既然你把我想法都看光了，还有必要问这个问题吗？"

"由我来定义你的精神状态，没有任何意义。我想问的是你自己如何定义。"

"你问这个做什么？"

"就只是想知道。"

小知问得脸不红气不喘。她似乎并不认为这是个尴尬的问题。我也并非刻意隐瞒，只是不太好意思认真思考这个问题。

"这个嘛……"我想起三缟，内心平静了些许，"我很欣赏她的能力，甚至有些尊敬她。她拥有许多我所没有的优点，有时我还很羡慕她。但是……这跟喜欢似乎有些不同。她给我一种无法触碰的感觉。仿佛一旦触碰，就被我玷污了。"

"玷污？为什么？"

"唔……我也有些摸不着头脑。但我就是有这种感觉。而且一旦弄脏，就再也洗不干净了。所以我从一开始就不打算碰她一根手指。"

"噢……"

小知咕哝了一声，露出了似懂非懂的表情。

启示听觉传来了"热水已烧开"的提示音。小知打开咖啡包，泡了两杯咖啡。我接过其中一杯。滤挂式咖啡的味道既不淡也不浓，若要打个比方，就如同"众数"的味道。

"好喝吗？"

"嗯。"

"跟三缟小姐泡的比起来，哪边更好喝？"

"为什么要跟她比？"

"我就是想知道。"

"差不多吧……"

听我这么一说，小知露出了韵味十足的微笑。

她拿起自己的咖啡杯，放在窗边的桌上，自己则坐在椅子上。

"你给我买了礼服，我还没有答谢你。"

"你打算答谢我？"

"对，但不是你想的那回事。"

"……为了维护名誉，我可事先声明，我没有非分之想。"

"那是一种自然反应，就算连大哥没有那个想法，也不能代表大脑不曾遐想过。一旦产生了联想，就像核分裂反应一样，再也没办法停止。"

"你一定要我承认我抱有非分之想吗？"

"嗯……"小知这个回应的口气相当微妙，听不出来是不是在回答我的问题。"我的答谢方式是连大哥完全无法想象的。"

小知说到这里，忽然淡淡一笑，跷起了二郎腿。

那举动在我的内心引发了小小的冲击。

"我们来聊聊想象力吧。"

小知接着说道。嗓音清澈透亮，却令我产生一种说不上来的奇妙感觉。

"想象力？"我问。

"顾名思义，想象力就是想象的力量。举个最简单的例子，在二十一世纪初期，搜寻引擎出现了自动完成功能。"

自动完成功能。

这是一种搜索建议功能，诞生于七十年前。在现代的认知科学领域中是一项相当重要的技术革新。

用户在输入一个字符串的开头部分后，系统会对开头包含该字符串的数据进行搜索，自动匹配出后面有可能出现的字符串，并且依信息的优先级顺序排列出来。

例如在输入"道路"的瞬间，系统会在网络上快速搜寻相关数据，挑出"道路交通信息""道路地图"及"道路标志"等字符串，并依搜索频率，也就是被用户选上的可能性较高的顺序排列，呈现在用户面前。

这个功能可以增加输入效率并减少输入错误，随着高度信息化社会的发展，其重要性与日俱增。全世界的信息量越多，搜寻字符串的困难程度也会随之增加。进入电子叶的时代后，自动完成功能这类辅助性的演算系统几乎已到了不可或缺的地步。

"利用先前累积的信息来预测未来，这就是想象力。能获得的信息越多，能预测的未来也会越多且越精确。"

"你的意思是说，机械也有想象力？"

"机械做的事情跟大脑一模一样，没有必要加以区分。只不过在想象力这一点上，大脑比机械优秀得多。"小知微微垂首，凝视着下方，仿佛是在自言自语，"若观察人类的日常生活就不难发现，只要活着，大脑就会不断靠想象力来预测未来。连大哥，你应该也有这种经验吧？比如小说刚读到一半，就已经猜到了结局；或是交谈时对方的话还没说完，就已经知道对方要说什么。这就是大脑发挥想象力的证据。过去累积的信息互相牵连，拼凑出了未来的景象。当然也有猜错的时候，但随着信息量的提升，预测的精准度也会提高。换句话说，想象力是一种让人类更快速且精确地获得'正确答案'的演算机制。"

小知说到这里，忽然转过头盯着旁边空无一桌子。那动作似乎带有明确的意志，并不是毫无意义的举动。桌面上明明什么也没有，她却仿佛注视着某样东西。

"我们的大脑十分擅于想象。因此若要追求世界上任何事情的'正确答案'，只要将全世界的信息全部输入脑中就行了。换句话说，就是追求'全知'的境界。"

夕阳余晖自窗外渗入，打在小知的身上产生了逆光的效果。浓浓的阴影遮盖了她的五官。

小知的话语中散发出奇妙的违和感。

我试图找出这股违和感的来源。

"应该有人跟你说过类似这样的话吧……'如果是那个人的话，一定会这么说。''如果是那个人的话，一定不会这么说。'这些都是想象力的产物。说话者拥有越多关于'那个人'的信息，就越能够正确地想象出'那个人'。累积得越多，精确度就越高。如果将这个机制发挥到极致……"

小知的脸已完全被阴影覆盖。奇妙的违和感越来越强烈，终于到达了临界值。随即，就像是翻越了山头一样，开始往另一个方向下降。违和感在抵达了顶点后开始溢出，接着在山峦的另一侧逐渐凝聚成另一种不同的意象。

"只要拥有等级九的超高信息处理能力及搜集能力，就能借此将一个人的言行举止完美地呈现出来。"

"那个人"凝视着桌面。

空无一物的空间里仿佛出现了一面如今已无人使用的类比式荧幕。

我开口呼唤了那个人。

"老师……"

"你的领悟力不错。"

我也不明白自己为何会这么叫她。

但我百分之百可以肯定，眼前这个跷着二郎腿的初中生，就是老师。

"原来如此，小知的答谢方式就是让我跟御野对话？"

老师兴致盎然地看着双手，仿佛那双手并不属于自己。宛如灵魂附体一般，老师的心灵进入了小知的体内。这简直是科幻故事里的情节。已经自杀的老师，本来以为再也见不到的老师，竟然出现在我面前。

"老师……"

我吞了吞口水，以颤抖的嗓音说道："老师……我……"

我有好多事想不通。

我有好多事想问你。

但我却支支吾吾，无法将这些话说出口。

因为我知道这么做没有意义。

听完小知刚刚的说明，我很清楚这个现象背后的原理。如今坐在我眼前的老师，是小知凭借其想象力塑造出来的。这个"人造老师"的本质，是小知所拥有的庞大信息，以及最强大的信息处理演算能力。

当然我并不认为坐在这里老师是假货或缺陷品。

毕竟小知可是令我难以想象的等级九。凭她的能力，应该有办法完全重现老师的特质。至少依我的感觉，眼前这个老师与生前的老师毫无差别。

正因过于完美，更让我难以开口。

既然老师生前不告诉我答案，此时当然也不会告诉我答案。

我只能默默摇头。

"你的领悟力真的不错。"

化身成了女初中生的老师苦笑着说道。

"御野。"

"……是，老师。"

"你无须感到不安。再过不久，你就会知道所有你想知道的答案。我为什么要轻生？小知到底想做什么？这些疑惑都将在今天、明天及后天获得解答。你需要做的事情，只是陪在小知身旁而已。她会引导你前往每个需要前往的地方，当有必要时，希望你也能引导她。"

"我引导她？我做得到这种事吗？"

"一个人的能力有限，必须互助合作才能渡过世间的难关。你的陪伴是小知不可或缺的。"

"但是到了这个节骨眼……我又能做什么呢？"

"存在本身便具有意义。你只要在她身旁，就能提供物质上的质量，以及信息上的质量。你的一切对她而言都是不可或缺之物。所以你要做的事情只是活着，以及继续做你自己。"

"……为何我有种被看扁了的感觉。"

"不过同样是活着……"老师将双手手掌放在膝盖上交握，"希望你能活得幸福。"

老师对着我露出了温柔的笑容。

"老师?"

"距离宴请开始没剩多少时间了,我们聊点别的话题吧,御野。"

老师的这句话轻轻地撼动了我的心灵、我的心脏、我的血液、我的表情。我感觉得出来自己的脸颊正在泛红。

"在前天的课上,其实还有很多题目没能来得及与你探讨。"

老师一面说,一面兴高采烈地看着桌上不存在的荧幕。

接下来的两个小时,是我最幸福的时间。

区区十二万的礼服竟然换来了这样的回礼。

这真是世界上最棒的答谢方式。

太阳几乎完全下山了,自窗外透入的阳光也变得相当微弱。魔法的时限就要到了。

"这让我想起了《天堂之日》……"

老师看着窗外呢喃说道。借由电子叶的帮助,我得知了那是一部一百年前的老电影。据说在这部电影里出现的傍晚场景都刻意选在日落前二十分钟拍摄,因为那是一天之中最美的时刻。

我依依不舍地望着老师。但映入眼帘的却是初中女孩的样貌,像是不断提醒着我"这只是小知送给我的魔法时间"。

"待会你得跟小知去一个地方。"老师最后看着我说道。

我心中已没有丝毫迷惘。只要能解答我心中的疑惑，我愿意陪小知上刀山下火海。

但老师在消失的前一刻，又说了一句话。

他告诉了我，我们必须前往的地点。

那就像是在嘲笑着我过于草率的决定。因为那正是我跟小知目前最需要避而远之的地点。我甚至想不到还有比这个更糟的地点。

"京都御所。"

5

简报室内坐着数十名男性。

如今我看见的影像来自天花板上的监视器。此外还有另外两面小视窗，分别播放着不同角度的影像，但那并非光学镜头所拍下的真实影像，而是根据信息素材取得的信息以计算机合成方式所还原的加工影像。

那是一群神情剽悍的男人，全都穿着暗灰色的制服。除了影像之外，旁边的视窗还标示出了他们所属的单位名称。

信息厅机密信息课特科信息外战部队。

一名看起来像队长的人物站上了前方的讲台。他比了一个手势，我的启示视界上又多了一面视窗。出现在视窗里的是小知的特写照片。我心想，那多半是原本公开在简报室内的影像吧。

"这次的任务是取回目标少女脑中的电子叶，并尽可能将她活捉。如果后者难以达成，则以取回电子叶优先。本次行动允许使用枪械，但必须瞄准腿部，不能让电子叶有所损伤。"

接着，启示视界上又出现了一幅狭长的地图。

"这次的行动范围是整个京都御苑。"

随着队长的手势，游标在御苑地图上移动。京都御苑是一片被树林环绕的区域，占地约九十一万平方米，京都御所就建造其中，周围以围墙环绕，占地约十一万两千五百平方米。

"这名少女曾写电子邮件给宫内厅，称其将在今天来到京都御所，时间为九小时后的晚上九点。警方将在三小时前封锁整座御苑，禁止一般民众进入，只让目标对象通过。抓捕行动将在御苑内进行。考虑到有可能使用枪械，因此必须先将目标引诱至公园中央，应避免在一般道路上接触目标。昨晚机密课的等级 ✱ 人员被打得体无完肤，由此可见我们在网络连线状态下的电子信息战上恐怕没有胜算，所以本次行动范围仅限于御苑内。"队长以游标在地图上绕了一圈，接着说道，"相信各位都很清楚，京都御所及其外围的京都御苑属宫内厅管辖，而宫内厅与我们信息厅向来有嫌隙。宫内厅拒绝为御所内所有建筑及设备进行信息素材化处理，而且还在御苑的范围内架设电磁阻隔网，因此在御苑内无法使用任何通信器材。但就今天的任务来看，这一点反而对我们有利。只要目标少女进入御苑，其电子叶也将无法连接网络，因此基本上不必考虑电子信息战的问题。但为了确保任务顺利执行，配属在御苑内的人员均为第一特殊部队的无电子叶队员。只要以现实武力进行压制，应该不会有任何问题。

唯一需要注意的一点是，绝对不能让目标少女进入御所内。虽然所有出入口皆已封锁，但少女可能会试图利用各种方法进入御所。由于御所内为宫内厅的重要指定管辖区，一旦她成功潜入，我们必须先经过繁杂的申请程序才能进入抓捕。因此本次任务必须在目标少女进入御苑后、抵达御所前执行，也就是必须在公园里完成这项任务。有没有什么问题？"

影像到此骤然停止。

这是一段违法取得的影像，内容是数小时前信息厅机密信息课特科信息外战部队的任务简报过程。影像视窗关闭，眼前的视野恢复成了现实世界的酒店大厅。

小知身穿全新的华丽礼服，坐在我的面前。

"这就是目前的情况。"她说道。

同样身穿全新燕尾服的我，忍不住用双手捂住了脸，问道："一踏进御苑，你的黑客能力、伪装能力以及其他等级九的能力都会失效？"

"对呀。"

小知在背上披了一件针织外套，站了起来。裙摆上宛如花瓣一般的蕾丝轻轻摇曳。

"我们该出发了。"

她的口气轻松得像是要参加一场真正的宴会。

6

川流不息的车灯，在夜晚的十字路口来来去去。

第一个转角的快餐店里，几名大学生正一边喧闹着一边点餐。

第二个转角处，几名准备欣赏夜景的观光客神情雀跃地走出酒店大门。

位于第三个转角的是一家连锁家庭餐厅，窗户透出的灯光照亮了夜晚漆黑的街道。

第四个转角……

是一片阴森、沉重而死寂的森林。

我们在乌丸丸太町的十字路口下了出租车。脚底才刚踏上地面，便已感受到那个转角处的阴暗气氛。一排警察等间隔地站那里，地面上装设着相同数量的超音波感应杆。仪器约有三米高，能够侦测出任何通过两杆之间的人或物。数辆警车停在路旁的禁止停车地带，仿佛宣告着警方正在干一件凌驾于法律之上的行动。

整座京都御苑受到警察团团包围，戒备森严的程度甚至会让人误以为即将有国宾造访。显然政府机关已顾不得考虑这么做是否会造成民众的不安。

"其实政府机关已尽量保持低调了。"与我一同下了车的小知读出了我的心思，解释道，"实际上，负责逮捕我们的是更吓人的重装部队，上头派遣了普通警察来驱赶民众，也算是顾虑到了对外影响。"

盛装打扮的初中生说了一句完全发挥不了作用的安慰之词，挽着我的手臂往前走。

我们沿着重重戒备的丸太町路前进，一路上警察多达数十人，却没有人对我们起疑心。

"在他们眼里，我们是什么模样？"

我悄悄问道。启示视界上出现了来自路旁监视器的影像。我们成了一对穿着朴素的中年夫妻。毕竟这里还不属于御苑，信息素材所建立的网络尚能发挥作用，小知的伪装能力依然健在。

大约前进了一百米，我们来到京都御苑的间町出入口。这附近的警察数量更是惊人。平常民众能自由进出的御苑公园，此时已被超音波感应杆及印着"DO NOT CROSS"字样的立体影像布条彻底封锁。

小知挽着我的手来到布条前。一名警察注意到了我们，走上前来以官方口吻说道：

"抱歉，今天不对外开放。"

"连我们也不行吗？"

"咦？"

显示在我的启示视界上的监视器影像产生了变化。画面中的中年夫妇摇身一变，成了穿着华丽的年轻男女。

"啊……"

那名警察顿时呆若木鸡，接着往后退了两三步。其他警察也在一瞬间露出了紧张的神情。巨大的压力令我感到一股胃酸自咽喉往上涌，我赶紧用力吞了回去。小知似乎打算大大方方地从正门进入御苑，不耍任何诡计。

"咻"的一声轻响，立体影像布条消失了，两根超音波感应杆也在发出两声尖锐声响后完全沉默。站在路上的警察慌忙地拿起通信机向上呈报。

"失礼了。"

小知说完这句话，轻轻推了下我的手臂，意思是叫我走在前头领路。在场所有警察都认定我是犯罪者，我只能尽量摆出扑克脸，举足踏进了京都御苑。

就在跨过入口附近白色石板的那一瞬间，我已察觉到了变化。

"电子叶……"

"不能用了。"

我下意识地尝试下达指令。启示视界及启示听觉并非完全瘫痪。不需要连接网络的功能都可以正常使用，例如开启事先已存档的资料等。但是通信机能完全失效，连公共层页也无法使用。视野角落出现了"离线状态"的警告标语。在现代人的认知里，电子叶难以发挥机能的离线状态是足以对日常生活造成重大影响的危险状态。

"连等级九也无法克服这个阻碍？"

"这是物理性的阻碍，与演算处理能力高低无关。"

小知回答得泰然自若。从踏入御苑的那一刻起，她已变回了平凡无奇的初中生，但她的脸上却没有丝毫不安。背后响起了脚步声。转头一瞧，刚刚我们通过的入口处站了数排警察，已不可能再从那里逃走。既然无路可退，我们只能继续朝御苑深处前进。

鞋底踏在碎石路面上，发出沙沙声响。

夜晚的公园里空无一人。京都御苑被高耸的树林环绕着，相当阴暗。道路沿着九条池的池畔弯成弧形，在我们走到看不见入口的位置时，我本能性地停下了脚步。

眼睛终于适应了黑暗。但映入眼帘的却是真正的"军队"。

公园道路的两侧各站了一排全副武装的士兵，这些士兵相互之间维持着等间隔的距离，与公园外的警察有着明显的差异。他们穿着深色的西装、武装着看似坚硬的护腕、长靴以及厚实的防弹背心。此外每个人的头上都戴着头盔、护目片及口罩，完全看不出五官。这样的打扮，几乎就跟电影里的特殊部队一样。每个人的手里都握着能在一瞬间轻松杀死数十人的冲锋枪。

我想起了不久前影像中提到的部队名称，"特科信息外战部队"。

信息外战……这意味着他们虽隶属于信息厅，负责的却是电子信息战以外的战斗任务。

在现代的日本，移植电子叶已是全民义务，然而这些人的脑中却没有电子叶。光从这一点便可明白这是一支拥有特别权限的特殊部队。

早在当初看影片时，我应该就已理解了这些才对。关于枪械的使用，影片里也提及了。但如今亲眼看见，我还是无法克制全身产生的排斥反应。这是一群手持枪械的人。是一群身上携带着杀人工具的人。是一群专门为了对付我们两人而出现在此地的人。

这些人还没有拿枪口对准我们。只是排成队站在道路两侧，我便感受到他们散发出的杀气。我仿佛可以听见他们在耳边低声恐吓。走吧，继续往前走。若敢轻举妄动，马上把你们打成蜂窝。

从我的手臂也传来了与这些士兵的想法完全一致的信号。小知挽着我的手臂，也默默要求我继续前进。我自暴自弃地一步步踏在碎石路面上。唯有这样，才能阻止脑袋失去理智。

在两排士兵的诱导下，我们一直往前走。

道路越来越宽，两侧的树林越离越远。

我们被引导至京都御苑的要道上。这条路叫建礼门前大路，是一条自京都御所笔直向外延伸的大路。

我走在美丽的碎石路面中央，忍不住眺望辽阔的夜空及路边景色。这是一条相当宽敞且笔直的道路，约四十米宽，四五百米长。两旁草地上各种了一排松树，这是日本最具代表性的景色。道路的另一端，就是京都御所那大气壮观的门扉。

但是道路中央却多了一道墙，即使是从小生长于京都的我也从未见过。那是一道人墙，横跨在道路中央。这些阻挡了去路的特殊部队队员，身上的穿着与两旁等间隔排列的队员一模一样。三个方向的人墙，形成了一条没有出口的死巷。

看来他们打算在这个地方让我们束手就擒。

我以哀怨的眼神望着身旁的少女，问道："现在该怎么办？"

小知水平举起了未挽住我的另一只手，指着道路远端的御所门扉。

"只要从建礼门进入御所内，信息厅的人就拿我们没辙了。"

"话是这么说没错，但要怎么进去？一来那门关着，二来你打算怎么突破这里的包围？"

"那扇门会打开的，我们只要笔直前进就行了。"

小知一面说，一面催促着我前进。

我只好死马当活马医，强迫自己不再思考，完全依照她的指示去做。这里没有办法使用电子叶，或许是不幸中的万幸。这让我不必接收来自全世界的任何信息，不必客观地审视自己目前的处境有多么异常。一男一女身穿燕尾服及礼服，走在京都御所的大路上，朝着全副武装的特殊部队中心前进……天底下哪有这种怪事？

又前进了两百米左右，我们来到"死巷"的中央，停下了脚步。

有超过四十名队员挡在前方，左右两侧也至少有三十名。刚刚两侧路过的队员也全都走了过来，挡住我们的退路。动作敏捷的队员们组成了一座牢笼。

牢笼的正中央站着一位挂着肩章的人。他站了出来，开口对我们说话。由于他的脸部完全被护目片及口罩遮住了，声音像是透过麦克风传出来一样。

"你们是道终知和御野连吗？"

我愣愣地站着不动，不知该不该回答这个问题，小知却毫无迟疑地应了一声"没错"。

"你们可真是精心打扮了一番……"队长接着说道，"一个是信息厅的等级五职员，一个是移植了违法电子叶的超级黑客。可惜你们的能力在这里派不上用场。只要你们乖乖投降，我可以保证你们的生命安全。"

"你在说谎。"小知不疾不徐地说道，"你很清楚上头的命令是什么。凡是与我的电子叶扯上关系的人，必须全部排除。就算我们投降，你也会杀了我们。"

"……黑客真是麻烦，总是知道一些不该知道的事情。"男人无奈地摇了摇戴着头盔的脑袋说，"既然明知是这么回事，为何还来自投罗网？难不成你们想自杀？"

"基于某个理由，我们非得进入京都御所不可。"

"你们将在此被抓捕，根本进不了御所。"

"不，你们的任务将会失败，山副抗先生。"小知露出了温柔的微笑。

小知这句话一出口，对方霎时哑口无言。

那是这个队长的名字？但这里无法连接上网络，小知是如何查出对方姓名的？

"二股捉……"小知继续喊出了其他队员的姓名，"法规饰、长砂系、八隅射、森津休、井辻备、桐村回……"

现场的气氛瞬时凝住了。小知每念出一个陌生的姓名，现场便增添数分恐惧与紧张。

"队长，难道她在这里能连上网？"一名队员惶恐不安地说道。

"不要惊慌！"山副队长厉声喝道，"这是心理战！她只是事先查出了部属于御苑内的所有队员的姓名而已！世界上不可能有任何机器能破解御苑内的电磁干扰系统！"

"没错，我现在无法上网。"小知说得轻描淡写，"我只是事先查了你们的个人资料。"

"你承认了？"

"我承认，但或许……"小知嫣然一笑，"我对你们的理解程度远超你们的想象。"

她一边说，一边将手伸进了胸前暗袋。

"不准动！"

队长立即喝止，但小知满不在乎地取出了一台小巧的机器。那正是白天买的古董随身听，上头还连着耳机。

"这里没办法使用公共层页，只好这么做了。"

小知将一只耳机塞进我的耳中，另一只塞进她自己的耳中。

"准备动手！"

队长举手下达命令。前方的十多名队员往前踏了一步。其中数名队员手上拿的不是枪械，而是盾牌。不拿盾牌的队员穿插其间，踏稳了马步似乎随时准备采取行动。这样的阵仗宛如是要镇压暴徒一般。

小知不以为意，从容不迫地按下了随身听的开关。

接着她举起了右手。

我很清楚这个手势代表什么意义，因为白天才刚见过。

我顺着她的意思，握住了她的手，并以另一只手揽住她的腰。在这个极度违反常理的场面之下，我们要做一件更违反常理的举动。

悠扬的旋律缓缓自耳机流出。

小知在我的耳畔呢喃："我们来跳舞吧。"

接着她开始引导我跳舞。

她踏着从容的舞步，拉着我的手，指引我随着她起舞。慢节奏的步伐踏在碎石地面上，略高的高跟鞋在碎石上谱出了曼妙的舞步。周围的队员们看得目瞪口呆，她却满不在乎地一边转圈一边低声哼着乐曲，仿佛在场一切对她来说都不重要。别说是那些队员，就连我也一样。这种乖离现实的状况，真令人匪夷所思。

"真是一场闹剧！"队长不悦地大喊，"抓住他们！"

前方的十多名队员开始朝我们移动。他们缓缓将我们包围，我们却依然自顾自地跳着舞。几名队员互相使了个眼色，一起朝我们扑来。

小知明明只是专心地跳着舞，却刚好避开了这些队员，完美地从飞扑过来的队员们之间穿梭而过。那些人扑了个空，差点摔倒。

小知在混乱的场面中不停地转着圈。

队员们再度聚集。十多名队员将我们团团包围，同时伸手朝我们抓来。但却没有一个人碰得到我们。小知一边诱导着我跳舞，一边从几乎没有缝隙的人墙中穿了出去。

"你们在干什么？"队长气得大骂。

队员们接着又试了两三次，但连一片衣角都没碰到。小知一直跳着舞，看似乐在其中，脚步没有丝毫紊乱。仿佛不是她躲开了队员们，而是队员们刻意躲开了她。

"够了！第一班退下，第二、三、四班上前，准备射击！"

队员们迅速采取了行动。原本拼了命想要抓住我们的十几个人都退下了，其余队员向周围散开，像跳团体体操一样各自就位，队员与队员之间保持着等间隔的距离。为了避免击中自己人，其中约十名队员互相交错排列。队长一举起手，其中一组的五人同时将眼睛凑向瞄准镜。

"别射头部！"

队长一挥手，五人同时扣下扳机。随着消音器独特的闷响，不少碎石从地面弹上了半空中。

没有一发子弹打中我跟小知。

枪声再度响起，紧接着又是一阵碎石的弹跳声。子弹打在地面上，碎石四溅。

"干什么呢！为什么不打他们？"

"奇怪……"

开枪的队员们各自检查手中的冲锋枪。其中数人又试着开了几枪，却依然只打中了我们的脚边。

"增加射击人数！二班、四班上！"

训练有素的队员们立即采取行动。射击人数变为两倍，地面上的碎石上下翻飞，发出了刺耳的声响。其中数颗子弹贯穿了小知的裙摆，擦过我的裤子边缘，激起不少碎布漫天飞舞，但我与小知依然毫发无伤。

此时在场所有人皆已察觉不对劲。

队长不断下达指令，增加开枪的人数。但不管开多少枪，都伤不了我们半根汗毛。小知的裙子在枪林弹雨的摧残下越来越短，碎布像雪花一般在空中翻腾飞舞。队员们已不再手下留情。对我们开枪的人数已超过五十人，射出的子弹已有成百上千颗，但没有一颗子弹碰到我们的身体，整个现场笼罩在一片惊愕的气氛之中。小知置身在这样的环境里，却依然享受着跳舞的乐趣。

除了小知，现场只有一个人明白发生了什么事。

那就是听着小知低语的我。

"网络上能取得的信息，只是所有信息里的一小部分。"

蕾丝裙摆向外翻扬，有如绽放的花朵。

"但只要信息量充足，就不成问题。在来到这里之前，我已经搜集了所有必要的信息。地点、气象、部队、战术、配置、装备，以及每一名队员的个人资料、技术、体能状况、经历、生平事迹……我所搜集的信息包含这些人的一切，以及这个地点的一切。"

子弹穿过我的脚边，皮肤甚至可以感受到子弹穿梭而过所带来的风压。

"只要有了这些信息，就可以预测出这里将发生的事情。包含他们会做什么、他们会发射几万发子弹、这些子弹会往哪个方向飞……"

脚步没有停下的意思。

在她的诱导下，我的双脚也自然地移动着。

动作流畅而协调，没有丝毫犹豫。

宛如在真空的世界里滑翔一般。

"我只是在想象而已。'那个人应该会往这个方向开枪。''那个人应该不会往这个方向开枪。''那颗子弹会往这边飞。''那颗子弹不会往这边飞。'虽然只是想象，但搜集了足够的信息之后，我的想象就绝对不会出错。"

冲锋枪"突突突"的声响不绝于耳，子弹如骤雨般落在我们周遭。

屠戮的战场，转化为精心设计的舞蹈室。

"既然知道子弹会往哪里飞，只要全部避开就行了。"小知露出妖艳的笑容，"这不需要魔法，也不需要运气。只要现场符合特定条件、肯花心思，任何人都能计算出相同的结果。"

就在她说这句话的时候，她的高跟鞋鞋跟踏在了一块碎石的正上方。

从刚刚到现在，她一直是以这种方式跳舞。她的高跟鞋鞋跟虽细，却总是能稳稳地踏在某一块碎石的正上方，从不曾陷入碎石粒之间的缝隙。她可以从无数块碎石中挑出不会下陷的一颗，并且以高跟鞋鞋跟的轴心踏在那一块碎石的重心上，不让碎石移动半分。脚下明明全是细小的碎石，她的脚步却宛如走在平坦的地板上。

一切都在计算之中。

这时我才终于醒悟，我还是太小看等级九了。她能做的事情，绝非只是弹道计算、轨道计算那么单纯。就连人与世界的互相影响，她也可以计算得一清二楚。经由她计算后得出的"预测"，几乎已等同"预言"。

那是一种超越了想象极限的想象力。

早在进入京都御苑之前，她就已把这场战斗"想"得分毫不差。

不远处突然传来"咔拉"的一声轻响。一名队员连扣数下扳机，似乎已用尽了所有子弹。当然这也早在小知的掌握之内。

"呵呵，看来舞蹈会已接近尾声了。"

小知的脚步在御苑的碎石地面上平移。

扫射依然没有结束，我们依然不断摆动身体，旋转、踏步。但小知行云流水一般的步伐却逐渐往御所的门扉移动，背后交错着子弹、粉碎的小石、烟雾及嘈杂的声音。

小知的裙摆早已千疮百孔，每一次旋转都会扬起片片雪花。

这些微焦的碎片全都落在小知事先早已预测好的位置。

队员一个接着一个耗尽了子弹，硝烟淡去，冲锋枪原本逼人的气势也逐渐衰弱。在队员们换弹匣的期间，我们并没有停步。小知的每一次踏步都能引起队员的不安。当子弹不小心打在自己人身上时，队伍更是乱成了一团。小知以仿佛置身在舞台上的曼妙舞姿，自人群的缝隙之间自由穿过。

脱离了由人群组成的牢笼之后，队员们也就不再担心会伤到自己人，一齐举着换好了弹匣的冲锋枪朝我们疯狂扫射。但此时他们早已丧失了身为特殊部队的机能。我一边跳舞，一边朝身后瞥了一眼。举着枪口紧随其后的队员们已溃不成军，俨然失去了特殊部队的样子，一个个就像是小知的狂热崇拜者。

我与小知就这么带着一群胡乱开枪的狂热粉丝，一步步朝着终点迈进。不断旋转的视野之中，已能看见紧闭的御所门扉。京都御所建礼门。即使御所向一般民众开放，那扇门也不曾开启过。因为那是最尊荣的一扇门，唯有天皇或国家元首级人物才有资格自那扇门进入御所。

"他们无路可走了！把他们逼到门前！"

队长大声怒吼。那道门紧闭着，矗立在围墙的凹陷处。那里的结构就像一处死胡同，一旦在里面被上百人包围，将再也不可能脱逃。

但随着与小知共舞，我已逐渐能看见她眼中的世界。虽然无法进行通信，亦无法使用启示视界及启示听觉，我却能靠四肢、躯体、五官及氛围，感受到她眼前的未来景象。

我可以肯定。

那扇门一定会打开。

木头的摩擦声回荡在夜晚的空气中。门闩被人取下，接着门板缓缓开启。门缝之间出现了一名身穿平安时代服装的男人。从小到大，我在鸭川的葵祭仪式中曾多次看到过身穿那种服装的人。那是近卫使、内藏使之类古代宫廷侍官的服装。

男人一脸严肃地移开了门前的木头栅栏。前方的道路豁然畅通，不再有阻隔物。站在背后的队长大喊一声："别开枪！"眼前就是宫内厅的管辖区域，就算飞进一颗子弹，也会引起轩然大波。

我们跳着舞，移动至门前。一进入栅栏内侧，小知便舞着离开了我的身边，她画着优美的圆圈，裙摆随之扬起。

她逐渐放慢速度，最后优雅地停止舞步，朝着男人行了一礼。

身穿平安时代服装的男人也对着小知深深鞠躬。

"为什么要开门？难道你身为宫内厅职员，竟敢藏匿罪犯？"背后传来怒骂声。队员们全都站在门外，不敢踏入一步。

身穿平安时代服装、戴着眼镜的中年男人抬起了头，以平淡的口吻说道："我活在世上，就是为了等这一天到来。"

7

夜晚的空气如湖水般深沉而凛冽。

御所内一片宁静，令人难以想象距此不到一百米远的地方不久前才发生过枪战。在这里几乎听不见御苑外城市的喧嚣。

开门让我们进入御所的男人自称姓御厨。他握着手电筒在前方带路，我和小知跟在后面。

"你真是准时。"御厨转头说道。小知像个孩子般展颜欢笑。

"御厨先生……我能请教几个问题吗？"我对着御厨的背影说道。

"请尽管问。"

"你是官内厅的职员？"

"我的职称是式部官长。式部是专门负责皇室礼仪及公关的单位，但我被分配到京都，职务略有不同。我负责的是管理与御所有关的传统仪式及规矩。"

"我并不清楚你的工作内容……但你身为官内厅的公务员，却帮我们逃离信息厅的追捕，不会惹上麻烦吗？"

"惩处是免不了的，或许还会因协助脱逃罪而遭逮捕。"

"既然如此，你为何愿意这么做？"

"这有点难以解释……"

御厨一边走一边沉吟。他带着我们走过了一栋外观极其庄严肃穆的建筑物。那是一栋古代的高床式巨大宫殿建筑，约有现代公寓的四五层楼高。

"每个人的心中都有一座天平。"御厨说道，"有时必须把两样重要的东西放在天平上，选择较重的那一边。"

"……什么事情让你不惜被警察逮捕也要完成？"

"这位小姐寄了一封电子邮件给我，说今天晚上九点要来见我。

我一看到那封信，心里便恍然大悟。原来我进入官内厅、担任式部职，全是为了在今天为这位小姐带路……我不太会说明，真的很抱歉。"

御厨这番话说得毫无根据，若是平日的我，肯定会嗤之以鼻。但就在刚刚，我也确信了那扇门会打开。而当时我也同样没有任何根据。

我们被带到了御所内最大的官殿前。由于无法使用电子叶，难以掌握确切的坐标，但位置应该就在御所的正中央。

"这里叫御常御殿，从前曾是天皇的居所。"

御厨脱下鞋子，沿着高床阶梯进入官殿。我与小知紧跟其后。

三人走在铺着木制地板的阴暗走廊上。

这是一栋相当宏伟的建筑物，天花板极高，还有很多铺了榻榻米的大房间。走廊的尽头有一面拉门，门上的绘画在黑暗中依然绽放着耀眼的金色光辉。小知一边走，一边兴致盎然地看着那面画。就像一个参加修学旅行的初中生，差别只在于现在是晚上，以及她身上穿着千疮百孔的礼服。

御厨把我们带进了最深处的房间。

房间十分狭长。虽说狭长，横向也有约五米宽，纵深则约十六米长。在这个合计约八十平方米的空间里，每隔一段距离就有一级矮矮的台阶，越往深处越高，将狭长的房间分成了三段。房间的另一头有一扇较小的对开式拉门。[1]

1　这里原作的计量单位为"叠"，1叠约等于1.62平方米，为了更符合实际情况有部分更改。——译者注

"由近至远的三段分别称为下段之间、中段之间及上段之间。拉门后方的房间则称为剑玺之间，专门用来放置三种神器中的两种，也就是天丛云剑及八尺琼勾玉。"御厨向我们解释。

"著名的三种神器，原来放在这里？"

"形代[1]如今保管于皇居内，并不在这里。"

御厨带着我们继续前进，走到了最深处的拉门前。那扇拉门有着粗大的黑漆木框，门面画着金色绘画。拉环上垂挂着绳索，装饰着流苏。借由手电筒的灯光可以看清画中之物。那是一片金色的祥云，两只飞鸟穿插其中。御厨将拉门往左右拉开，正如同他刚刚所说的，里头并没有剑及勾玉。

御厨引着我们进入门内，我们弯着腰，跟着他走到尽头处的房间。他似乎移动了左侧墙面上的某样东西，那面墙忽然横向滑开。

出现了一条通往地下的阶梯。

8

脚下的木板发出嘎吱嘎吱的声响。阶梯转了个弯，继续往下方延伸。这个地下室非常深，绝不止一两层楼。

"这下面是'保管库'。"

1　指使用于仪式上的复制品。——译者注

"保管库？"

"正如字面上的意思，是保管皇室宝物的仓库。所有自古传承下来的宝物都被安置在这里，其中当然也包含了三种神器。"

"咦？但你刚刚不是说在皇居……"

"保管在皇居的是形代。虽然那也是具有悠久历史的古物，但以年代而言，这里的神器更加古老，说得更明白点，这里的神器才是'真货'。当然我的意思并不是指这里的剑就是上古时代神明实际使用过的宝剑。除了三种神器之外，这里还保存了许多珍贵的日本文物，例如这里有着比《古事记》及《日本书纪》更加古老的史书。"

我一听，更是咋舌不已。虽然御厨说得轻描淡写，但倘若真的有比《古事记》更加古老的史书，可是足以改写教科书内容的学术界重大发现。但我从未听过有这样的史书，这意味着他们一直将世人蒙在鼓里。

"你们一直藏着，没有对外公开？"

"是的，这样的做法或许会招来学界的批判，但保管库的宗旨却是基于完全不同的理念。保管库存在目的只是'将物品原原本本地保存下来'。在《古事记》的开头也提过，'记录'这个行为必定会带来错误。不管是物品的复制还是书籍的重编，都无法彻底排除这个问题。要让这些古物维持原始的面貌，唯一的办法是将原有之物完整地保留下来，而且为了保护这些物品，必须隔绝外界的任何接触。这就是保管库的宗旨。或许这听起来有些荒谬，但在这个宗旨里并不包含对古物的运用。正因为秉持着这样的精神，才能让这些古物留存了超过两千年以上的岁月。"

御厨一边走下阶梯，一边轻抚扶手。

"在古老的年代，保管库只要建造在地下深处就可以了。但是到了现代，我们必须阻挡学术单位的深入调查、拒绝建筑材料的信息素材化，并且设置妨碍通信连线的设备。这都是为了避免御所深处的保管库的秘密泄露出去。御所与御苑占地如此广大的理由之一，就是为了与世俗拉开实质上的距离，减少机密外泄的风险。换句话说，整个御所就是个封存秘密的设施。"

御厨抚摸着楼梯间的墙面，仿佛是在抚摸整座京都御所。

"我们或许可以模仿 P4（Physical containment 4，物理安全防护等级四），将京都御所形容为 I4（Informational containtment，信息安全防护等级四）设施。"

穿过石造入口后，御厨打开一扇木门。

一进入阴暗的室内，御厨立即从腰间取下一盏靠电池发电的小型立灯，放在地板上。按下开关，灯光立即照亮了整个室内。这是一间石室，约有二十张榻榻米的大小。天花板并不高，整体也算不上宽敞。墙壁上挂着一些木制的棚架，上面整齐地排列着许多木箱。身后刚刚进来的入口处内侧有一座石造的鸟居。

"这是古物清单。"

他递给了小知一叠纸。里头包含一张平面配置图，可以确认什么东西放在哪座棚架的哪个位置上。

"谢谢。"

小知心满意足地接过了纸。御厨露出如释重负的表情，吁了口气后说道："那我先到上面去了。两位看完之后请直接到上面来，我们待会见……"

"那个……"我忍不住喊住了御厨。

"有什么事吗？"

"我……原本是信息厅的职员。明天早上信息厅应该就会完成申请程序，派出职员或警察进入御所内，所以……"

我说到一半，没有再说下去。

因为我的脑中浮现了一个疑问。那又怎么样？就算知道信息厅明天早上就会攻进御所，那又怎么样？如今御所的所有出入口肯定都有刚刚那些特科部队把守着。他们虽然没办法进入御所，却可以把我们关在御所内。御厨既然帮助我们逃走，信息厅当然也不会轻易放过他。

当然这也意味着我和小知更不可能逃出这里。

"我会小心。"

御厨见我不再说话，简单地如此回应，并给了我一个微笑。那是一种放弃了希望的微笑，是一种顿悟了人生的微笑，也是一种对完成了重责大任感到欣慰的微笑。接着他穿过鸟居，离开了房间。

就在这时，小知忽然扯着我的袖子，对我说道："和我一起找。"

转头一瞧，小知正全神贯注地审视着清单上的文字。看来她满脑子想的都是该从什么古物看起，根本没有想过如何逃走的问题。我不禁发出了放弃希望的叹息。但与御厨相比，放弃的理由却迥然不同。

"你到底想来这里找什么？"我问。

"想查一些事情……"小知的双眸不曾移开清单，"首先我想读一读古代的史书。这里应该保存着记录古老历史且几乎不曾遭后世窜改的史书。"

"古代的史书？大概什么时代？"

"第一代的神武天皇东征之前。"

我努力在脑中翻找关于历史的记忆。由于无法使用电子叶，知识只能来自自己的记忆。第一代天皇？我的心中产生了疑问。

"神武天皇不是神话中的人物吗？"

"嗯，据说他活到一百二十七岁。"

"这么说来，你想查的是关于日本神话的文献？"

小知点了点头，一边看着木箱，一边以手指点着上面的标注文字。

"我想看看《古事记》和《日本书纪》被窜改前的记录。也就是在各种神代事迹刚发生后不久，最接近现实状态的神代记录。尤其最想知道的是神武天皇的七世祖先，也就是神世七代的最后一对男女双神伊邪那岐、伊邪那美的故事。"

伊邪那岐、伊邪那美相当有名，我当然也曾听过。但我努力回想，却只想得起其中的悲剧桥段。伊邪那岐的妻子伊邪那美因产下火神而死，伊邪那岐为了见亡妻而奔赴了黄泉之国。

"伊邪那岐、伊邪那美的'伊邪那'（IZANA）的原意是'引导'。换句话说，这两尊神的本质都是为了引导凡人。"

"引导到哪里？"

小知没有回答我这个问题，接着又说道："伊邪那美的别名是道敷大神，有学者根据'道敷'（CHISHIKI）的日文发音，认为是从'知识'（CHISHIKI）这个词变化而来。但值得一提的是道敷大神这名称，来自伊邪那美在黄泉平坂追赶伊邪那岐……"

小知一边摸着棚架上的箱子一边说道："所以道敷大神又有'追赶上的神'的意思。"

9

我们终于爬完了漫长的阶梯。

剑玺之间跟当初刚进入时并没有任何不同。走出拉门，房间的纸窗正透着微弱的晨曦。代表时间的数字在启示视界上浮现后又消失，提醒我此时已是清晨五点。

小知整个晚上都在阅读"保管库"里的古籍。绝大部分的古籍都是以绳索编成的竹简。那些竹片因漫长的岁月而变色，上面的文字也已模糊难辨。我几乎一个字也看不懂，小知却读得津津有味。自进入保管库算起，已经过了整整八个小时，她这才终于心满意足，跟着我一起回到地面。

"有什么心得？"

"神知道很多事情。"小知回答。

既然是神，当然无所不知。这种事情好像不需要赌上性命来到这种秘密地下书库求证。

回到御常御殿的走廊上，御厨已在等着我们。小知说了一声"谢谢"，御厨深深鞠躬回礼。

我望向东方的天空。深蓝色的夜空中已渗出了一点橙色的光芒。

"问题是接下来该怎么办？"

我深深叹了口气。没办法使用电子叶，当然也没办法调查周边一带的状况。但可想而知，昨晚那些部队及警察早已将御所团团包围。一旦离开御所，马上就会遭到逮捕。问题是就算继续躲在御所里，数小时后当他们完成申请手续，同样会进来把我们揪出去。即使是再乐观的人，遇上这样的情况也会感到绝望。

"你到底打算如何从这里逃走？"

我皱着眉头向小知问道。

小知依然神色自若，伸出了手指，指着正上方。

我忍不住抬头仰望天空。

静谧的御所似乎正在隐隐颤动。

是声音。自东方的空中传来了若有似无的声音。随着声音逐渐变得清晰，泛着鱼肚白的天空出现了一个小黑点。那黑点缓缓扩大，声音变成了刺耳的轰隆声，颤动也变成了迎面吹来的强风。一架大型直升机降落在御所的庭院里。机身颜色以白、灰为主，显然不是自卫队或警察之类政府机关的专用直升机。

舱门开启，一名身穿西装的男人带着两名头戴护盔的护卫跳下直升机。那个人看见我跟小知，立即走了过来。在螺旋桨带来的强风及轰隆声中，对着我们大喊："我不是你们的敌人，不会做出伤害你们的事情！"

由于没办法以电子叶进行自我介绍，男人递出了一台手持式计算机，屏幕上显示着他的身份。

前来迎接我们的直升机，竟然是由一直对我们穷追不舍的亚尔康企业所派出。

IV. 老年

K　N　O　W

1

　　我独自坐在一尘不染的会议室内。

　　会议室的其中一面墙壁是一大片玻璃，玻璃外只有一片纯洁无瑕的蓝。这意味着会议室的所在楼层相当高，因此水平望出去只看得到天空。如此高耸的建筑物，整个京都只有一座。

　　京都 PIARA，亚尔康企业所拥有的巨大通信塔。

　　我试着执行了电子叶的效能测试。跟在信息厅的厅舍内比起来，通信速度快了百分之一百八十。

　　"唰"的一声轻响，自动门开启。

　　"京都首屈一指的通信质量，你还满意吗？"

　　进入会议室的女人以英语说道。这个女人穿着研究人员的白色短版外套，过去我与她曾有过一面之缘。她的个人标注资料也证实了这一点。

　　"信息厅的效能只有这里的一半。以工作环境而言，亚尔康比信息厅好得多，布兰小姐。"我用英语回答。

　　"像你这种等级五的人才，敝公司可是随时欢迎。"

米亚·布兰面带微笑说道。

她正是数天前与首席执行官一同造访信息厅的女研究员。亚尔康中央技术研究中心主任，米亚·布兰。

"日本国内的等级五不到一百人，我们很需要你这样的人才。"

"一旦跳槽，等级五的权限也会被剥夺。"

"等级本身并不重要，御野先生。我们看上的是能够获得这个等级的才能。"

她的双眸流露出了慧黠的目光。我重新审视启示视界上的个人资料，上面列出了她所写的数篇论文，依引用次数多寡排列。

"你的专业是……脑科学？"

"那是我当年在大学里的研究领域。进了亚尔康的研究中心后，什么研究都做，现在简直成了万事通。"

她耸了耸肩，在会议桌的另一头坐下。我也坐了下来，与她隔了三张长桌。

"还习惯这里的环境吗？"她问道。

"棒极了，简直像酒店的高级套房。尤其是网络通信质量，真是不能再满意了。在御所里完全不能使用电子叶，让我整个人心浮气躁。"

"这座通信塔内有着亚尔康企业最先进的技术。"米亚露出自豪的微笑，"如今内部所使用的信息素材，也是采用了即将投入市场的最新技术。这里的通信质量不仅是京都第一，也是世界第一。"

"这我相信。在这里搜寻资料真是如鱼得水，不过……"我凝视着坐在远处的米亚的瞳孔，问道，"小知还好吗？"

"我只能说你完全不需要操心。凭你的搜寻能力，应该也能确认她平安无事，不是吗？"

我望向自己的启示视界。正如她所言，我早已查出小知就在同一栋建筑物内的其他楼层。健康状况没有任何问题，通信连线也没有受到任何限制。至少就目前而言，她是处于安全无虞的状态。

"小知现在在做什么？"

"跟你一样，我们先让她好好休息，养足了精神。然后请她接受各种检查，她很爽快地答应了。我们对她的检查项目涵盖医学、生物学、工学及数学等各种领域。或许这么说有些不恰当，但这样的研究对象实在让身为研究者的我兴奋不已……你也是京都大学毕业的，应该能体会我的心情吧。"

"我明白，这三天对我来说简直像一场奇幻冒险。"

"没错，她简直就是集各种奇迹于一身的女孩。拥有世界最强演算处理能力却又体积超小的'量子叶'，再配上能够加以自由操控的等级九。"米亚一脸陶醉地凝视着半空中，"每当检查结果出炉，我跟同事们就会惊声尖叫。如果可以的话，好想让这个调查永远持续下去。调查她一天的收获，足以匹敌亚尔康研究中心数百天的研究成果。能够亲眼看见人类知识的进步，是身为研究者无上的喜悦……啊，对不起，恕我失言。总之请你放心，她现在过着 VIP 待遇的生活。"

"原来如此。"

我松了口气，放下心中大石。至少目前小知的处境并不危险。他们没有在电子叶的使用上设限，应该也代表着他们并不打算靠武力限制我们的行动。

"那么……能不能请你告诉我，这到底是怎么一回事？"我挺直了上半身，对着米亚诘问。

"现在到底是什么情况？到昨天为止，亚尔康企业想尽办法要夺回量子叶，即使杀了我们也在所不惜，如今为何态度有了一百八十度的转变，把我们当成了贵宾？你们的目的到底是什么？难道夺取小知的电子叶并不是你们真正的企图？"

我不留情面地瞪着坐在远处的米亚。我的表情极为严肃，米亚却是笑得乐不可支。

"御野先生，我会一五一十地向你交代清楚。今天我来到这里，正是为了这个目的。你想知道我们的动机，想知道我们在打什么算盘，对吧？事实上这一切，都是为了明天做准备。"

"明天？"

这时我蓦然想起一件事。

没错，就是明天。明天就是第四天了。当初小知预告的"四天后"。她与"某个人"约好了要见面的日子。

"所有的一切，都会在明天结束。"

米亚的蓝色瞳孔闪烁着兴奋的神采。

2

"整件事的开端，得从道终常一的构想说起。"

米亚一边说，一边在启示视界上放出了几张影像存档。其中一张正是十多年前的老师。

"他真的是个天才，先开发出了信息素材，并加以实用化，接着又建立起了电子叶理论。这都是他一个人的功劳。但是就在十四年前，他带走了敝公司试做的量子叶，删除所有研究资料后销声匿迹。"

我一边听着，一边想象当时的情况。亚尔康企业应该雇用了不少研究人员，但除了老师之外，恐怕没有人真正理解量子叶的机制。因此一旦研究资料被删除，研究人员根本没有办法从头来过。并非这些研究人员的学术素养太差，而是老师的能力远非凡人所能及。

"御野先生，你应该能想象当年的状况。"米亚耸肩说道，"当时我还没有进亚尔康，但读了残存资料后，我不得不说就算我当时在场，同样是无能为力。我们的头脑与道终常一相差太多，他的过世真是全人类的损失……"

米亚一脸沉痛地低下了头。那是身为一个研究者对失去伟大才能感到惋惜的表情。但她旋即重新振作精神，抬起了头。启示视界上的照片也随之消失。

"量子叶是我们亚尔康企业的重要机密，我们当然要想尽办法把他找出来。就在前几天，我们终于借由网络掌握了他的行踪，但那竟是道终常一自杀身亡的消息。由于敝公司与信息厅有着合作关系，我们立即联络信息厅，问出了这起自杀案的详情。最后我们得到了一个结论，那就是我们长年寻找的量子叶，就在他所抚养的女孩道终知的脑袋里。"

"既然知道了下落，只要抢过来就行了？"我讥讽道。

米亚皱眉回答："我们公司竟会做出如此野蛮的行径，实在令我感到愧疚不已。但我并不否认高层可能有那样的意图。毕竟量子叶是足以改变世界的先进技术，只要能够取回，不仅将带来天文数字的经济效益，而且也可以确保敝公司三十年之内在业界稳坐龙头宝座。公司高层可能认为与庞大的利益相比，牺牲一两条人命没什么大不了……我承认敝公司曾试图杀害你与知小姐，为了向两位谢罪，我们在赔偿条件上会尽可能满足两位的要求。"

米亚回答得一脸认真。我哼了一声，挥手催促道："算了……赔偿的事以后再谈。你还没有把来龙去脉交代完，请你继续说下去。"

"谢谢你的体谅。"

米亚的神情稍微缓和了些，脸上再度漾起笑容。唯有外国人才能像这样理性而快速地切换心情，若是京都人肯定做不到。

"回到原本的话题。敝公司夺取量子叶的手段越来越激烈，听说甚至还动用了隶属于信息厅的神秘单位……但其实我们双方之间有个误会。不，应该说是敝公司单方面的误解。"

"误解？"

"没错，我们一直以为你跟知小姐打算带着量子叶逃走。"

"这个……倒也不能算是误解。"我小心翼翼地选择自己的用字遣词，"我们确实企图逃脱你们的追捕。"

"不，事实并非如此。知小姐根本不打算逃走，只是她可能没有把这个想法告诉你。为了明天的'约定'，她本来就打算在明天之前进入敝公司。我们的举动，反而对她造成了妨碍。"

"……这又是怎么回事？"

"御野先生，这里就是她的目的地。她的最终目标就是进入亚尔康企业内部。"

启示视界上出现了一张照片。

照片里是一间房间。洁白无瑕的地板及墙壁上有着淡淡的格纹，除此之外房间内什么都没有。如此煞风景的空间令我想起了警察局里的审讯室。由于没有能够对照的物体，难以判断空间大小，但感觉起来这房间应该不大。

"这是位于京都 PIARA 顶楼的'特别通信室'。"米亚向我说明，"亚尔康企业的所有最新信息素材技术，全凝聚在这个房间里。为了便于撷取来自周边地区的各种信息数据，我们把它建设在通信塔的顶楼。我们不惜耗费庞大成本，投入了许多稀有金属，才打造出这独一无二的空间。我可以向你保证，这间通信室有着全世界最完美的信息质量，就连我们现在所待的这间会议室也是远远不及。"

"你们打造这房间的用意是？"

"为了让小知明天在这里跟'约定的人物'见面。"

"那个人是……"

"或许一切早在道终常一的意料之中。"

启示视界上出现了另一个视窗。

视窗里正播放着一台手术的影像。手术接受者的头部周围盖着绿色的手术布，只见手术刀一划，前头部的头皮便分离开来。那是如今世界上最常见的手术，即电子叶移植手术。

根据影像提供的信息可以得知，这是一场三个月前的手术。

"道终常一几乎在同一时间，将敝公司所有并行服务器内的研究资料几乎都删除了，而且清得一干二净。神乎其技的手法让人敬佩。但是，几乎不代表完全，我们还是找到了极少量的残存资料。"

影像中的医生将切开的皮肤往左右拉开。

"于是敝公司利用这些支离破碎的残存资料，尝试还原出完整的数据。当然若使用一般的技术，这几乎是不可能做到的事。因为绝大部分资料都已消失，即使利用类推技术进行复原，需要计算的数据量也多得惊人。但我们亚尔康企业拥有世界最顶尖的量子计算机，因此可以做到这一点。唯一必须克服的障碍就是时间。于是我们将量子计算机的绝大部分处理能力都花在资料的复原上，年复一年地持续执行计算。终于在十四年后，我们成功复原了资料。"

影像中的医师正将电子叶埋入脑中。但那电子叶的形状有些古怪，并非常见的电子叶。

"我们凭着自己的能力，制造出了另一个量子叶。"

启示视界内的影像令我目瞪口呆。

量子叶……

另一个量子叶……

"我们将制造出的量子叶移植进了人脑之中。这个人选打从一开始就已确定了。那就是全亚尔康企业最优秀、最聪明的人，亦是站在亚尔康企业所有职员顶点的人。那个人就是现任首席执行官，有主照问。"

视窗中的影像切换了角度，我看到了手术布底下的脸。

那正是我数天前在信息厅见过一面的，有主照问。

"三个月前，他成功将量子叶置入了脑中。"

我忍不住望向启示视界另一头的米亚。

她点了点头。

"没错，有主照问也是等级九。"

3

"刚完成移植时，首席执行官可是吃足了苦头。虽然他原本就是等级四，但等级九需要处理的信息量与等级四截然不同。流入大脑的信息量超越了他的负荷能力，刚开始的一个月他几乎无法踏出看护机构一步。强烈的头痛、恶心、幻觉、精神错乱等类似戒毒时的戒断症状不断折磨着他，令他甚至分不清现实与幻觉的差别。但他最后克服了这些。历经一个月的康复训练后，他在第二个月逐渐开始适应量子叶，并且开始依照自己的习惯对量子叶进行微调。他渐渐地熟悉了量子叶的使用方法，随后信息处理能力也有了大幅度的提升。他的表现几乎令我们研究团队大跌眼镜。因为我们知道，我们亲眼看见的那些惊人现象或许正暗示了人类的未来。但另一方面，我们也得到了'并非所有人都能适应量子叶'这个结论。就好像许多人想要戒毒却戒不掉一样，对绝大部分人而言，量子叶所提供的大量信息只会带来痛苦。有主照问突破了这个瓶颈，成功掌控了量子叶，那是因为他拥有万里挑一的资质。"

米亚滔滔不绝地说着，情绪越来越激动。

"到了第三个月，他开始展现出等级九的真正本领。在他的操控之下，量子叶展现出了惊人的能力。我们研究团队唯一需要做的事，就是抱着感动与恐惧的心情记录下所有数值。御野先生，你也曾与等级九相处过，应该很清楚他们的能力有多么可怕。他们是一种超越了人类的人类，拥有超越了想象力的想象力！"

我忍不住点头同意。这三天来，我亲眼看见了什么叫真正的"神机妙算"。小知所拥有的超级信息处理能力，已可与"预知未来"画上等号。

"随着对量子叶逐渐适应，他能预知到的事情也越来越多。到了这个阶段，在我们这种低等级生物的眼里，他所做的每一件事都像魔法一样。"

米亚露出了无奈的微笑。

"首先在接到道终常一的死讯之前，首席执行官便已预测到了道终常一正在培育一名等级九的人物。前几天首席执行官带着我去信息厅见你，正是因为首席执行官计算出你掌握着与道终常一取得联系的线索。但实际上，你与道终常一发生接触却是在我们见面后的一天，换句话说，首席执行官的预测过早了，产生了一天的误差。又过不久，我们查到了知小姐这号人物，于是首席执行官便下令抢夺她的量子叶。在这个时期，首席执行官的预测能力还未赶上知小姐的预测能力。"

"还未赶上？"

"没错，到了昨天，首席执行官所预测的未来，才与知小姐预测的未来完全合拍。当时你们正在京都御苑里跟特殊部队打得不可开交。有主照问首席执行官完全获得了量子叶的能力之后，才终于明白知小姐的真正意图。原来她想要与另一个等级九，也就是首席执行官见面。两个人的想象力自然地推导出了相同的结果。明天，这两位等级九的人物将在这座 PIARA 内相会，这可以说是命运的安排。首席执行官虽然迟了一步，但最后还是理解了这一点。于是就在昨天，他派出直升机前往迎接你们。"

我一边听着米亚的描述，一边回想昨晚御苑内发生的事。

当我跟小知来到门前时，我明明不是等级九，却也深信那扇门一定会打开。就连打开了门的御厨，也无法准确解释为何要这么做。

这就是所谓的命运的安排吧。

小知与首席执行官之间彼此心照不宣，想必也是基于此。

"这么说来，小知与有主照问有着相同的目的？"

"可以这么说。"

"那个目的到底是什么？"我开门见山地问道，"小知跟他……那两个人到底想要做什么？"

"他们的目的其实相当单纯。"

米亚比了个手势，我的启示视界上出现一张图表。

"这是有主照首席执行官的量子叶效能监测数值图，这三个月以来的记录都在这上头。特别值得注意的是运转百分比的数值。"

我一看，图上的数字都相当低。

"最高只有百分之十二？"我问。

"没错，你明白这代表的意义吗？不管我们安排多难的演算题目，量子叶都可以轻而易举地演算出结果，而且只发挥了一丁点的实力。为什么演算速度可以这么快？我们亲手制造出了那副量子叶，却说不出个所以然来。我们不明白过去我们使用的大型超级量子计算机，与道终常一设计的小型量子叶到底有着什么样的决定性差异……总而言之，首席执行官脑中的量子叶几乎随时处于'休眠状态'，我相信知小姐的量子叶应该也一样吧。"米亚叹了口气，接着说道，"或许这也是理所当然的事。在那两人眼里，我们的一切想法都是儿戏。不，岂止是儿戏，他们或许是抱着与猫狗对话的心情面对我们这种凡人的也说不定。"

"猫狗……"

"御野先生，你在逗宠物时，应该不会拼命思考任何事情，对吧？这是当然的事。与动物说话根本称不上是对话，当然也不必动任何脑子。"

"那又怎么样……"

我话刚说到一半，忽然醒悟她想表达的意思。

答案在心中隐隐浮现。

米亚对着我点头说道："他们想要'对话'。"

真是单纯的答案。

全世界唯二的等级九，想要寻找"地位对等"的说话对象。

"他们想要真正的对话。他们都在追求着能够'认真说话'的对象。他们想要知道这样的对话能带来什么样的结果。"

米亚提出了自己的论点。

"对话是最单纯，同时也是最复杂的沟通方式。我们拿'将棋'这个棋盘游戏举例好了。下将棋有一定的规矩，必须等对方下完后，仔细思考每一步的可能性，并选择其中一步回击对手。这也是一种沟通的形式。据说如果是职业的棋手，必须能够在一瞬间想清楚数万种可能性。你明白我的意思吗？对我们凡人而言，连下将棋也是如此困难。将棋的棋子数量不多，能够移动的方式也受到严格的限制，这就好像是一种经过省略、简化，且受限于各种规则条件的沟通形式。但就连这么简单的下将棋所需要演算的信息量也远超越人脑能够负荷的上限。

然而那两位等级九所追求的，却是真正的'对话'。

没有任何限制，想说什么就说什么。只要是自己知道的事，都可以拿来当作话题。对方听了自己的话，也会跟着思考所有可能的结果。任何派得上用场的信息，都可以从世界各地任意取得。在 PIARA 通信室这个最完美的通信空间里，两位等级九可以一边搜集全世界的信息，一边进行无穷无尽的思考，说出全世界最正确的回答。这就是他们追求的东西。唯有全世界拥有最强想象力的两个人之间的对话，才能让他们将等级九的能力发挥得淋漓尽致。"

我的想象力虽然完全比不上等级九，却也不禁想象那是什么样的情况。

拥有全世界最强想象力的两名等级九。他们的对话，肯定超越了人类的理解极限。

"他们对话之后会发生什么事？"

"不管是会发生什么事、造成什么结果，或是得到什么结论，都远远超越了我们的想象。但若要依我个人的武断推测，这件事有可能会以悲剧收场。首席执行官光是把量子叶放进脑袋里，就承受了那些痛不欲生的折磨，更何况要与另一位等级九对话。要是大脑无法负荷，有可能会出现精神崩溃、发狂的症状，最坏有可能导致死亡。"

"你说什么？"

小知会发狂？

会死？

我忍不住皱起了眉头。

"我能理解你的心情。我也很担心有主照首席执行官的安危。但我没办法阻止他，因为从他们的对话中，肯定可以看见我们凡人所看不见的未来。既然他们自己没有打退堂鼓的意思，就轮不到我们插话。他们是为了对话才来到这里，甚至可以说是为了对话才活在世上。我没有权力阻止他们。而且……其实你也并不打算阻止，对吧？"

我一听，忍不住抬起了头。

米亚·布兰的脸上带着既悲伤又兴奋的复杂表情。

"至少我不打算阻止。我想看看……我好想看看他们的对话会带来什么。"米亚的五官扭曲，嘴角却带着笑意，"我好想知道。"

4

开门时，门发出了"咻"的一声轻响，那是一扇气密门。

我被带进了监控室内。前方有三个研究人员专用的座位，周围环绕了一圈淡灰色且没有任何花纹的桌面。这种极简的空间设计，是为了不对启示视界的视觉效果造成妨碍。

公共层页已开始接收实时影像。视窗内出现一间雪白的房间，那正是刚刚米亚让我看过的特别通信室。

"特别通信室就在这间监控室的隔壁，那三道门的另一头。"米亚指着房间角落的门说道，"明天他们两位在隔壁对话时，我们就会在这里进行观察及监测。为了让他们处于被信息素材全方位监控的环境，特别通信室内没有窗户。但透过摄影镜头及信息素材，我们还是可以掌握内部一切状况。当然为了防止任何差错，医疗团队随时处于待命状态。"

"防止任何差错……"

这意味着差错早在他们的预期之中。

我们无法得知明天房间内会发生什么事。只能在内心默默祈祷，并且对不乐观的状况做好万全准备。但我们无法未雨绸缪，因为我们什么也不知道。

"如果明天真的出了差错……"我凝视着米亚。

"嗯……"

"会是哪一边？"

米亚一听到我这个问题，瞳孔微微晃动了一下。她沉吟半晌后说道："站在研究人员的立场，最适当的答案或许是'不知道'。他们两位成为等级九的过程各不相同，因此都是独一无二的个案。而且他们在性别、年龄等各种条件上皆大相径庭，无法单纯地区分出优劣高低。因此我刚刚说的'无法负荷'的状况，难以判断到底会发生在哪一边。或许两边都会发生，也或许都不会发生。不过……"

"不过什么？"我赶紧追问。

米亚皱眉说道："经过今天一天的检查，我们取得了关于知小姐的量子叶的一些数据资料。她的量子叶制造于十四年前，我们立即将其数据资料与有主照首席执行官的量子叶进行了比较。我必须先提醒你，以下我所做出的结论，只是单纯的数值比较结果……"

米亚说到这里，我的启示视界上弹出了两张图表，分别为两具量子叶的效能测试数值。

"单就演算处理的能力而言，首席执行官的量子叶比知小姐的量子叶优秀得多。两者制造年份不同，技术上自然也有差异。"

我仔细审视两张图表。

那是如此冰冷无情的画面，与这间空无一物的监控室在氛围上有几分相似。宛若不带丝毫情感地宣判了死刑。

两具量子叶的效能差距为"百分之一千二百零一"。

5

夜色逐渐笼罩整个京都街道。

星辰比自地面仰望时清晰得多，不难想象此时我所在的位置有多么高。三百六十度水平环视，视线所及之处只有夜空及山峦。

我来到了京都 PIARA 的楼顶广场。

这是一个距离地表七百米远的碎形（Fractal）塑胶材质空间。在这个边长约三十米的正方形广场上，没有任何机械设备，出入口的立方体有如放错了位置的点阵方格一般突兀。这里比专为观光客设计的展望台楼层更高，一般人不能自由进出。我能够通行无阻地进入这个区域，是因为早一步来到这里的那个人擅自解开了门锁。

小知就站在空荡荡的楼顶广场正中央。

她穿着那套学生制服，抱着膝盖坐在地上，仰望着头顶上无垠的宇宙。我走了过去，在她身旁坐下。周遭不时传来飕飕的风声，却不感到寒冷。白天残留在盆地内的热气，让夜晚的京都保有一丝暖意。

"好有趣。"小知呢喃道。

"你指的是哪件事？"

"我是第一次跟人约会。"

"……约会？"

"我们不是去了神护寺跟京都御所约会吗？"

我愣愣地望着她，不知道该说什么好。那几天我差点死在敌人的"念力"之下，还差点被打成马蜂窝，完全感觉不出那是一场快乐的约会。

小知与我四目相对，露出一如往昔的微笑。我无法判断她是认真的，还是在戏弄我。

"下次我们在房间里约会吧。"我回答。

小知的脸上浮现一抹红晕。果然她只是在戏弄我而已。

小知再度仰望夜空。

我跟她一同眺望星辰。若是如此悠闲自在的约会，我倒是乐于奉陪。

"在银河的中心有个超大质量的黑洞。"

小知突然改变了话题。电子叶侦测到这个关键字，在启示视界上列出了关于黑洞的基础知识。

黑洞是一种拥有极高密度、极高质量及极高重力的星体，其强大的重力甚至连光线也能吸入，因此总是呈现一片漆黑。一旦越过史瓦西半径（Schwarzschild radius），就会进入一个隔绝于万物之外的孤寂世界。

接着启示视界上又出现了关于黑洞的一些数值信息。四百一十万倍太阳质量，史瓦西半径为零点八 AU[1]。

"实在很难想象那巨大的重力。"

"但是质量越大，半径与奇异点（Gravitational singularity）之间的距离就越远，事件视界（Event horizon）附近的潮汐力也会跟着减弱。跟小质量的黑洞相比，或许更容易接近事件视界。"

"就算再怎么容易接近，凭借人类的血肉之躯肯定难逃一死……"

"这么说是没错，但是……"小知眉飞色舞地说道，"就算再怎么危险，还是会想要去瞧瞧。假如真的有办法进入那个连光线也进不

1　天文单位Astronomical Unit，简写为AU，是一个长度的单位，约等于地球到太阳的平均距离。——译者注

了的世界，不惜一死也要尝试看看，这就是人性。明知道进去了就再也出不来，还是会忍不住往里头跳。"

"不惜一死也要尝试？"

"这是求知的欲望，也是生存的欲望。"

"生存的欲望？你的意思是说，人跨过事件视界的目的是为了活下去？"想要活下去的欲望，跟自愿往黑洞里跳的欲望，怎么想都是背道而驰。

"'求知'跟'生存'基本上是同一件事。"

小知在公共层页上播放了一段影片。

画面里是一团大海中央的漩涡，大自然力量令人望而生畏。

"常有人将生命比喻为漩涡。就像是汪洋中一团紊乱的水流，不断吸收周围的物质并加以代谢，借以建立自己的组织。依照物理法则，物质有着让熵（Entropy）值增大的趋势，而漩涡将这个趋势纳入生命法则之中，借以建立一套新的秩序，就成了生命。所谓的'活着'，就是一种物质与能量的自我组织化过程。"

公共层页又弹出了新的视窗。

这次出现的是大脑的计算机模拟图。有着 3D 结构的大脑借由感觉神经与外界进行联系，再由神经将信息传入脑中。

"所谓的'知道'，指的其实是'信息的自我组织化'。站在物理的角度来看，大脑这个器官会不断摄取信息，建立自我组织，形成信息主体的秩序。这么做是为了阻止信息熵值的持续增加。大脑的介观回路不断建立中间阶层，为信息进行高度的秩序化。每一个介观回路都包含更小的介观回路，同时也是更大的介观回路的一部分，共享所有的信息。神经细胞的数量虽然有限，介观回路的组合却可以呈几何倍数增加。换句话说，大脑是一种'信息的压缩器官'。"

小知这番话与老师不久前的教导大同小异。

但她身上没有发生任何变化。此时的她并非是老师的复制品，而是由老师抚养长大的一名初中生，道终知。

"'生存'是'物质的自我组织化'，而'求知'则是'信息的自我组织化'，这两者都是人类的基本欲望。不仅想活下去，而且想知道更多事情，这就是人类的天性。"

年仅十四岁的少女淡淡地阐述着"生命观"。一边是想活下去的欲望，一边是想吸收知识的欲望。将这些一般人的感受推演至极致，就成了等级九的生命观。

人生就是不断阻止熵值的增加。"知"与"活"在生命中拥有相同的价值。

为了求知而求活。

为了求活而求知。

"为了活下去，自愿跨越史瓦西半径……"

我关掉了公共层页的视窗，在夜色中凝视小知的面庞。

"很可能会因面条化（Spaghettification）现象而惨死。但就像我刚刚说的，若是超大质量的黑洞，由于事件视界附近的潮汐力较弱，人类或许能够维持着人形跨越过去。"小知说道。

"就算真的能活着跨过去，却再也回不来了。"

"连大哥，如果有一艘能够在事件视界的两侧来去自如的宇宙飞船，你会坐上去吗？"

"这个嘛……"我思索了一下这个毫无意义的假设，说道，"或许……会吧。"

小知露出了戏谑的微笑。

"真期待明天的对话。"

"你打算跟有主照首席执行官说些什么？"

我惊觉自己的口气中带了一丝不悦。但我告诉自己，这也是人类的基本欲望之一。小知拥有足够的信息力量能够诱发这个欲望。我立刻以伦理信息掩盖了这个物理欲望，才勉强让心情维持平静。

"首先会谈我的伴手礼吧。"

小知回答得泰然自若，似乎毫不介意我这微不足道的烦恼。

"伴手礼？"

"我准备了一些他不知道的知识。例如在神护寺看见的曼荼罗、向大僧正请教的'悟'的真谛、在御所读的史书，以及关于从前的神的典故等。这些都很适合在明天当开场白。"

"原来如此，这是你的伴手礼……就算是等级九的首席执行官，也不可能知道这些。毕竟这可是同样身为等级九的你辛辛苦苦搜集来的知识。"

"在这方面，我算是他的前辈。"小知故意装出了得意的口吻。

"这么说也对，首席执行官移植量子叶只有短短三个月……你应该已经用了好几年吧？"

"我从刚出生不久就移植了量子叶，所以是从零岁开始，到现在已经十四年了。"

小知这轻描淡写的一句话，再度让我大吃一惊。

对六岁以下的孩童移植电子叶，属于重大违法行为。如今医学界尚未证实电子叶带来的刺激会对新生儿的大脑造成什么样的影响，当然也没有任何临床实验。小知的电子叶不仅规格违法，就连移植的时间也触犯了法律。

话说回来，既然小知已使用量子叶十四年，跟三个月比起来确实已是老前辈了。

"不过他也拥有我不知道的知识。"小知呢喃道，"所以我也会从他身上得到很多信息。到此都只算是前置作业。首先交换双方手边信息，等到搜集了足够的材料之后，就开始合力编织一件作品。这就是我们明天要做的事。"小知淡淡地说道。

那是等级九的世界。包含我在内，任何人都难以干涉的世界。那是超越了凡人理解极限的领域，是凡人不得进入的伊甸园。

没错。

我知道自己无权进入。

小知是等级九。天底下没有任何一件我知道，而她不知道的事情。

接下来的一切，只能交给等级九跟等级九自行解决。即使我再怎么捶胸顿足，也没有任何实质意义。

我只是个无知的凡人，无法提供她任何协助。

我甚至无知到无法判断心中的欲望到底是来自肉体还是精神。

"两者都有。"小知蓦然说道。

我吃惊地望向小知。

"你又擅自偷看了我的内心？"

我顿时手足无措，完全不知如何是好。最不愿被发现的感情被看穿，令我羞惭得无地自容。我甚至无法辩解。因为即使我再怎么无知也明白，面对一个能看透我心的人辩解没有任何意义。

"没那回事，连大哥。"

"什么意思？"

我无法判断小知话中的深意，只能粗声粗气地这么反问。

就在这一瞬间，在这一片夜色之中……

小知以过去这段日子从不曾流露过的眼神凝视着我。

那视线传递了某种信息。

那信息带着某种热气。

"我想请你教我一件事……"

早上，小知睁开双眼，发了一会儿愣后坐起上半身。她发现我已经来了，顿时露出不满的表情，赶紧以棉被遮住身体。接着，她钻进了棉被里，在里头蠕动了好一会儿后钻出来，穿好了衣服。

我递了一杯刚泡好的咖啡。她接过杯子，只啜了一口。此时她已恢复了平常的神态，不再有半点腼腆与羞涩，这让我感到有些惋惜。

"伊甸园有两名守卫。"她忽然对着我说道。

"一个是基路伯，另一个是谁来着？"

电子叶立即借由通信塔内的高质量连线环境回报了正确答案。

为了守护生命树，神设置了两个守卫。

一个是智天使基路伯。

一个是"四面转动释放火焰的剑"。

"'基路伯'是希伯来语，原意是'知识'。基路伯正如其名，是'知识'的天使。"

"知识的天使？我总觉得最近好像听过类似的典故……"

我想起来了，当时是在御所里。小知告诉我，伊邪那美是知识之神。

"黄泉国的伊邪那美及伊甸园的基路伯暗指同一件事，那就是'边界上存在着知识之门'。"

"知识之门？"

我想问个清楚，小知却笑而不答。她将咖啡杯放在桌上，从床边站起，走向房间的落地窗。晨曦自窗外透入，小知的身体因逆光而蒙上了一层阴影。

"今天我打算思考好多事情。"

小知对着太阳呢喃低语。

今天就是"约定的日子"。与另一名等级九的有主照问对话的日子终于到来。

"我想要将量子叶及大脑的能力发挥到极限，尽可能思考所有事情。"

小知说到这里，忽然转头问我："连大哥，你知不知道大脑的活动在何时最为活跃？"

逆着晨光，小知成为一团只看得清轮廓的黑色影子。

"大脑活动最活跃的时候？"

我想不出这个问题的答案，只好靠电子叶上网寻找相关的信息。是情绪激动的时候吗？还是分泌脑内啡的时候？启示视界上堆满了关于血清素及脑内啡的知识，却没有一点能够恰好解答小知的问题。

"大脑活动最活跃的时候……"

小知开始呢喃，看来她设定的回答时间已经结束了。

我静静听着小知的解答。

她背对着灼热耀眼的太阳，轻轻说出了答案。

"就是'火焰剑开始转圈'的时候……"

6

原本空荡荡的监控室景象，此刻堆满了五颜六色的启示信息。光是公开在公共层页上的信息便已令人眼花缭乱，监控员们的启示视界想必更是乱成了一团。

特别通信室旁的监控室内，负责人员们正在进行"对话"前的最后调整。通信室内的实时影像覆盖于监控室墙面的广大空白区域上。在那片有着格纹的白色空间中央，放了两张椅子，其中一张坐着一名负责测试的工作人员。

三名监控员一边检查仪器，一边以口头方式进行确认。

不一会，进入了屏蔽测试阶段，实时影像切换为其他显示画面。房内影像先转变为色相画面，接着又依序转为黑白影像、断层影像、3D绘图影像、信息分布观测影像（Infographi）、正电子扫描影像（PE）、磁共振影像（MR）等持续观测中的画面。我一看信息分布观测影像，色相几乎没有变化，多半是因为负责测试的工作人员并没有使用电子叶。

影像屏蔽再度切换，变更为神经活动影像（Neural activity imaging）。这个屏蔽可以侦测出脑神经的活动状态并转化为视觉影像。就跟信息分布观测影像一样，活性最低的部位为黑色，随着活性增高会由绿色转变为橙色，最高为红色。此时测试人员的脑部状态为绿色，属于活性极低的平静状态。

仪器设备检查完毕，测试人员打开特别通信室与监控室之间的三道门，进入监控室后并没有停步，接着又走出了监控室。就在这时，米亚·布兰刚好走了进来。

"首席执行官马上就来了，知小姐还没有到吗？"米亚看着实时影像问道。

"还没有，不过别担心，她应该会准时抵达。"

"该不会睡过头了吧？"米亚笑着说。

"绝对不可能，她很期待今天的对谈。"

"这我相信，不过会不会因为太期待，昨晚兴奋得睡不着？"

米亚一边这么说，一边对我投以若有深意的眼神。

"这我不清楚……她应该睡得很早吧。"

我故作镇定地说道。米亚嗤嗤一笑，回答："也对。"

监控室的自动门开了。

亚尔康企业首席执行官有主照问走了进来。

有主照的身上穿着监测用的服装。这是一套黑色的西装，却连手指及脚尖也包覆在内。而且躯干部分有着数块塑胶及金属零件，头部也有六颗仪器围绕着大脑排列，多半同样具有监测机能。通信室本身便是由高密度信息素材组成的空间，即使不在身上加装任何配件，要侦测各种数据都不是难事，但装了之后能提升数据的精确度。

有主照问朝我走来，给了我一个沉稳的微笑，就跟数天前在信息厅内见面时如出一辙。唯有抱持着某种信念的人，才有可能露出那样的笑容。那股自信是否来自量子叶？他是否跟小知一样拥有惊人的想象力，能够看见我们凡人看不见的"未来"？

身为另一个等级九的有主照问，朝着米亚说道："今天就拜托你了。"

"是。"

米亚一脸严肃地回答。从她那坚毅的眼神，不难看出这两人关系匪浅。虽然无法判断他们是否为情侣，但可以肯定的是有主照问这个人在米亚心中非常重要。

"如果发生意外状况，就按照排练好的方式去做……我想那个人应该不会是我。"

我一听到这句话，立即转头望向有主照问。他似乎早已算准了我的反应，同样转头望着我。

"你说小知会发生意外？"我单刀直入地问道。

有主照问没有答话。

"我不知道即将会发生什么，也不知道你跟小知的对话会带来什么后果。"我不由得加重了口气，"但你是等级九，应该看得见未来，不是吗？这场对话到底会以什么样的方式收场？"

我的口气宛如是在责难对方，那是因为我实在太过担心小知的安危。

有主照问面对我强硬的态度，脸上神情却相当慈和。

"我从小就非常喜欢计算机。"有主照问突然谈起了自己的事，"计算机能够帮助我取得各式各样的信息。我经常在网络上东找西看，只要是能查到的知识，我都想找来瞧一瞧。在我读高中的时候，电子叶进入实用阶段。自从移植了电子叶之后，我的人生就被完全颠覆了。我不再需要仰赖那些麻烦的界面，而且能够取得的信息比以前更多了。

但即使如此，我的求知欲望还是没办法获得满足。我曾一度想当个研究人员，但我后来发现我在这条路上没办法获得太大的成就。"

有主照问凝视着自己的双手，接着说道："我的成就没办法与道终常一那样的天才比肩。于是我决定转换跑道，成为一名经营者。我不断地努力赚钱，尽量让自己能够掌控更多的事物。当上了亚尔康企业的首席执行官之后，我扩张企业内部的研究部门，并且招聘道终常一为研究员。我相信他能够实现我的心愿。或者应该说，他的研究正是我的心愿。"

我忍不住凝视首席执行官的双眸。当初在信息厅内第一次相见时，我便察觉这个人的眼神似乎藏着某种秘密。

如今我终于明白了，那个秘密就是"欲望"。那是一种心中想要的东西非得手不可的坚定意志，是一种不论多么高远的梦想都会尽全力追求的决心。

为了获取全世界的知识，即使与神为敌也无所畏惧的"求知欲"。

同样的欲望，在小知身上也看得到。

"道终常一失踪之后，我依然不肯放弃希望。我设法复原他的研究资料，花了十四年的时间终于制作出了量子叶。我以为我达到了目的。我以为我实现了梦想。但成为等级九之后，我才发现我知道的事情并不多。即使是等级九，也不能预测所有未来将发生的事。"有主照问眯起了双眼，接着说道，"每个人都活在看不见未来的黑暗之中，想尽办法让想象力延伸得更远。不管是量子叶也好，等级九也罢，都是为了这个目的而存在。"

他凝视着空白区域上的影像，凝视着自己马上要进入的白色房间，也凝视着即将降临的未来。

"唯有一件未来将发生的事，不论等级零或等级九都能预测得到。"

有主照问忽然又转头面向我。

"每个人都知道这件事，每个人都将经历这件事，没有人能够例外。"

即使是像我这样的凡人，也听出了他指的是什么事。

那确实是包含我在内，任何人都能预测的未来。

同时那也是现在的我最不愿意面对的未来。

一个无论如何都会发生的未来。

"那就是'死'。"

咻的一声轻响，自动门开启。

小知走了进来，身上并未穿着监测用的服装。

她穿着一如往昔的制服，脸上带着一如往昔的微笑。

7

宽大的空白区域内，播放着特别通信室的实时影像。在房间的中央，身穿制服的小知与身穿监测服的有主照问相对而坐。两人一句话都没有说，但监控室所接收到的各种数值却已开始攀升。

"通信量已达到了流量上限的一半，量子叶的运转率开始上升，大脑的神经活性也在逐渐增加。"米亚看着启示视界上的庞大数值说道，"这是怎么回事？明明连一句话也没说……"

我也在自己的启示视界上开启了相同的数值图表。

"两人之间有着极大量的通信往来。"

"难道他们正在靠通信的方式进行对话，所以没有开口？"米亚问道。

"不……前阵子我曾亲眼见识小知与神护寺住持的对话模式。一般情况下，绝大部分的意识及记忆都会被隐藏起来，处于'没有被想起'的状态。小知必须先说出一些关键字，诱使对方的神经细胞开始运作，'唤醒'那些想要得到的资料，小知才有办法加以读取。单以大脑的活性状态来看，他们的意识应该还没有正式开始活动。"

"但他们已经开始互相传递信息了。"

"或许只是在热身吧。小知跟我说过，她带了一些有主照问首席执行官不知道的知识，打算当作伴手礼。"

"这么说来，首席执行官也正在送给知小姐一些知识？他们在进行开口说话前的准备工作？"

"简直像'觉'一样。"

"觉？"

"一种日本的妖怪，据说可以看穿人心。"

"那跟这两人有何不同？"米亚再度观察起了数值。就在这时，两人之间互相传递的通信量开始减少，同时自通信室外传入的信息奔流也有逐渐缓和的趋势。大约十秒之后，房间内的通信量已降低至没有人的状态。所有数值曲线全部化为水平线，整个房间宛如一滴静止的水银。

"こう（KOU）。"

小知说出了第一句话。

我与米亚的启示听觉接收到了自麦克风传来的声音。

就在这一瞬间，所有观测数值骤然飙升。房间的总通信量一口气攀升到了流量上限的百分之八十。有主照问的量子叶运作率也开始上扬。"信息分布观测影像"由黄色转变为橙色。同时有主照问的大脑活性也开始提高，脑部神经活动影像的各部位出现了橙色的斑点。

"こう？那是什么意思？"米亚问道。

"我也不知道。日文里以这两个音起头的单词不少，如'高''公''工''幸'……"

这两个音，可以代表无数字，难以判断小知所指的到底是哪一个。但有主照问却必须从无数的选择中挑出一个，并且做出回应。这就像是小知给有主照问的一个考题。你会选择哪一个字，并且做出什么样的回应？

"eon。"

有主照问说出了答案。

就在这时，信息开始往完全相反的方向奔流。总通信量更加提升，但换成了小知的量子叶运作率及大脑活性有飙升的趋势。脑部活动影像上不断冒出红色区块，宛如遭机关枪扫射而喷出的鲜血。

小知微微眯起了双眼，凝视着有主照问。

"首席执行官那句话又是什么意思？"

为了理解两人的对话内容，我开始以电子叶搜集信息。站在一旁的米亚也一样。启示视界上出现了大量网络信息及连结点，电子叶全速运转，将刚刚这两个词的相关信息依优先级排列。米亚低声说道："'eon'是宗教用语，有很多不同的意思，如'高次元的灵''上层的世界''漫长的时间''特定的时间长度'等等。"

"宗教用语……时间……难道小知说的是'劫'（KOU）？"

电子叶立即搜寻词汇意义并显示在视界上。劫：印度教用语。表示极为漫长的时间单位。1.36×10^{17} 秒。约等于四十三亿两千万年。

"她说的是代表极长时间的'劫'？"米亚问。

"我也不敢肯定。只能根据首席执行官的回答来推测，没办法百分之百断定小知的意思真的是'劫'。但小知正为了回应首席执行官所选的答案而进行思考着，可见得他们的心中有着我们无法理解的'正确答案'。"

"火花。"

小知再度开口。

"内侧。"

有主照首席执行官的回答也相当快。我跟米亚已渐渐放弃探讨两人的话中真意。他们的发言实在太过天马行空,凭我跟米亚的想象力根本无法理清其关联性。虽然每一句都包含无限可能,但唯有一个是他们认定的"正确答案"。靠我们的旧式电子叶绝对无法将正确答案找出来。这正是量子叶的并行处理能力最能发挥优势的领域。

隔壁的米亚已改变方针,专心观察着启示视界。她不再在意两人的对话内容,转为把心思放在测定的数值上。我也决定模仿她的做法。那两人是等级九,而我们却是一般人,要理解他们唯有透过这些侦测数据。

"知识。"

两人的数值不再轮流攀升,而转变为持续居高不下。他们接着又交谈了两三句,NAI 神经活动影像有如不断绽放红色的花朵,量子叶的通信量也持续增加,整间通信室的信息分布观测影像已染成了一片鲜红。

"知小姐的量子叶运转率较高,速度已接近极限,但首席执行官的量子叶还游刃有余。"米亚看着数值说道。

"小知的负荷较沉重?"

"毕竟有着硬件性能上的差异……"

我回想起了昨天米亚说过的那句话。两具量子叶的制造年代完全不同,十四年的技术差距带来的是约百分之一千二百的性能差距。

"如果这个状况持续下去,两人的信息处理速度会出现落差。如果落差太大，恐怕会有危险……"

米亚说到这里，偶然朝空白区域上的图表瞥了一眼。

"……这是怎么回事？"

我听出米亚的口气不太对劲，转头朝她望去，发现她正惊愕得瞪大了双眼。我将她正在看的观测资料显示在启示视界上，是大脑神经活动影像。我一看那画面，同样吓得目瞪口呆。

小知的大脑活性区域正以惊人的速度持续变化。

"这代表什么意思？"

"好奇怪，脑神经活动的速度不可能这么快。"

我与米亚一同注视着小知的大脑神经活动影像。那是我从未见过的脑部活性状态。从橙色转变至红色的活动区域以不同于一般正常情况的形状快速移动着。

"不对，我明白了！"我将影像转移至公共层页上，使米亚也能看见。我一边指着活动区域一边说道，"不是速度太快，而是活动区域的变化具有规则性，所以看起来速度增加了。一个活性化的区域会立即让邻近的区域也活性化，产生规则性的连锁反应，就好像在移动一样。"

米亚此时开启了有主照问的大脑神经活动影像。他的大脑虽然也有许多泛着红光的活性化区域，但相互之间的关联性并不高。有时红光会流往邻近的区块，但大多会在途中消失，紧接着又在毫不相关的位置泛起红光。简言之，有主照问的大脑活动变化给人的感觉是随机且紊乱的。

相较之下，小知的大脑活动却有着非常明显的规则性。诞生于右脑侧头叶的活动区域会先将其活性范围转移至右脑头顶叶右侧，再绕至右脑前头叶外侧，接着依序经过左脑前头叶外侧、左脑头顶叶左侧、左脑侧头叶外侧、后头叶背侧，最后又回到右脑侧头叶。简单来说，就是活动区域自大脑右侧诞生后，便以逆时针的方式绕行大脑一圈，最后又回到原点。

"我想看看其他断层影像及 3D 立体影像。"

米亚依照我的指示开启了这些影像。在大脑的其他断层影像中，可以观察到活动区域自左侧头叶以完全相反的顺时针方向绕行大脑一圈。不仅如此，有些活动区域甚至是从头顶叶上侧开始，绕经前头叶前侧、侧头叶中侧、后头叶，最后回到头顶叶，也就是以垂直方式绕行大脑一圈。仔细看断层图像就能发现，这样的循环不仅出现在大脑的外缘部位，在大脑的内侧也有着半径较小的循环。换句话说，就好像是以大脑的基底核为圆心，在其同心球体上有着无数的环状轨道。若改看 3D 立体影像，会发现整个大脑仿佛是由无数的环所构成。

"她的大脑与有主照问首席执行官完全不同……不，应该说是与人脑完全不同……神经细胞的联系状态完全不一样。"米亚结结巴巴地说道。

"难道是为了提升思考效率，刻意追求更严谨的系统及秩序？"

话没说完，我豁然想通了一件事。

原来如此。当初老师说的那句话，原来是这个意思。

"量子叶……不，应该说所有的电子叶，根本不是协助大脑处理信息的装置。"我忍不住说出了真相。

"什么意思？"

"电子叶是一种训练大脑的装置。将大量信息灌进发育前的大脑里，使大脑产生更具效率的联系机制。这样的大脑并非事先经过计算与设计就能培育出来。量子叶只是将数不清的信息以来者不拒的原则灌入脑中而已。大脑长期接收如此庞大的信息刺激，自然而然会建立起一套更有效率的联系机制，才能够及时处理这些信息。"

当初老师在提及自己为何不移植电子叶时，曾说了一句"现在移植已经太迟了"。

如今我终于明白这句话的意思了。长大之后才移植的电子叶，就只是单纯的"辅助工具"而已。不管是电子叶还是量子叶，都必须在大脑开始发育前移植才能发挥其真正功效。

"一般人六岁才移植电子叶，已经太迟了。而且电子叶本身的运算处理效能太差。如今呈现在我们眼前的这套神经系统，是从'零岁'就装上了'量子叶'的小知才能达到的境界。在长期的沉重负担下不断磨炼的大脑，发挥出了其内在的潜藏能力。"

我与米亚只能痴痴地望着快速活动的大脑神经影像。这幅景象代表着人类的大脑基于其本质所拥有的真正实力。由红、橙两色组成的活性范围在脑中绕着圆圈，就好像是神经细胞出现了自燃的连锁反应，形成一道道不停旋转的火焰。

那就是"知识的守卫"。

"不断转动的火焰之剑"。

"魂。"

"理解。"

两人依然持续进行着对话。若单看室内的影像，小知及有主照问都没有丝毫变化。但是小知的脑部活性范围持续扩大，如今几乎整个大脑都闪烁着红色及橙色的光芒。有主照问的脑部活性虽然也有增加的趋势，但几乎毫无秩序可言，仿佛只是不顾一切地拼了命想要追赶上遥遥领先的小知。

"两人的脑部活动已拉开了距离。"

"是啊，但是……"米亚皱眉说道，"若是这么下去，知小姐比首席执行官更加危险。"

米亚这句话令我不禁面带忧色。事实上我心里也有相同的不安。米亚指着公共层页上的小知大脑活动影像，说道："以生理学的角度来看，知小姐的脑部处于极度危险的状态。神经活性范围的移动速度看起来很快，并非单纯只是因为移动路径有着严谨的秩序。事实上处于活性状态的区域比一般正常情况多，单以兴奋神经的数量而言，甚至比首席执行官还多得多。"

我点头同意。小知的大脑中的红色区域确实明显比有主照问多。

"整个大脑都处于兴奋状态，神经产生活动电位的时间当然也相对变长了。这意味着神经细胞不断重复进行着极化与去极化。"

"细胞本身的负担太沉重？"

"就算联系机制与一般人不同，只要基本结构为神经细胞，就一定会有生理上的极限。要是像这样有如喷火一般持续活性化下去……"

米亚故意不把话说完，但我很清楚她想说的是什么。无论如何必须在出事前阻止两人继续对话才行。但我不知道该在什么时机冲进去阻止。我明白小知想要将大脑的能力发挥至极致，但我也相信她不希望自己的大脑受伤。

我紧紧咬着牙齿，仔细观察着脑部神经活动影像的变化。米亚知道我在寻找进去阻止的时机点，也跟着我一起目不转睛地看着启示视界。

小知的脑部神经活动影像在任何位置都有红色圆圈在旋转着。我愣愣地看着那诡异的画面。明明是生理现象，我却有种正在注视机械灯光的错觉。

"实在太危险了……"米亚再次对我强调，"人脑可不是走马灯，这样下去不仅会留下后遗症，最坏的情况……"

我骤然转头望向米亚。

"你刚刚说什么？"

"可能会留下后遗症……要是脑神经受损，恐怕会相当严重……"

"不，我指的是前一句。"我仔细反刍着那句话。

"前一句……人脑可不是走马灯？"米亚瞪大了眼睛说道。

"记忆。"

小知的声音传入了我的启示视觉。就在那一瞬间，我的脑海有如溃堤一般，所有的信息都在脑中串联了起来，原本模模糊糊的轮廓变得清晰可辨。

走马灯……旋转的火焰……不断转动的火焰之剑……脑内神经细胞持续喷火的循环状态……大脑活动最活跃的时候……喷火的信息元素在所有的神经细胞之间来回游走数圈，潜藏于介观回路缝隙内的所有信息同时浮现的瞬间……将一生中累积的所有信息同时向外喷发的瞬间……任何人都必须经历的"觉悟的瞬间"……

走马灯。

"小知！"

我对着实时影像大喊。但小知浑然不觉。监控室的声音没办法传入特别通信室内。

"御野先生，你怎么了？"

"小知在寻死！"

"你说什么？"

"她打算结束自己的生命！她故意让脑神经的运作达到极限，把自己害死！目的是为了让大脑达到最大的活性状态，如此一来，就能在临死之前看见走马灯！"

所有的线索串联成了一个真相。

小知当时所说的"火焰剑开始转圈之时"，指的就是临死前的大

脑状态。她从一开始就打算自杀。选择这里作为人生的终点，是因为
透过与有主照问首席执行官的对话，能够引出大脑的最佳状态，让她
看见凡人绝对无法预知的未来景象！

"集约。"

有主照问的一句话，让小知的脑神经活动速度攀上了另一个高峰。
小知的脑神经活动影像早已化成一团有如太阳的鲜红火球。那就像是
能够烧尽所有一切的炽热火焰。我不由得脸色大变，奔向通往特别通
信室的三道门。但就在握住门把的那一瞬间，我僵住了。

"信息。"

"御野先生。"

米亚喊住了我。我紧握着门把，愣愣地站着不动。我闯进去到底
打算做什么？我如此问着自己。进去阻止小知？进去救小知的命？明
知道这是她的心愿，我还要阻止她吗？

为了我自以为是的自我满足，难道我要亲手毁了她赌上性命想要
实现的毕生心愿？

我放开了门把，因为我没资格打开那三扇门。我没有这么做的正
当理由，也没有这么做的"觉悟"。我无法想象小知这么做之后会有
什么下场，所以我无法觉悟小知的死。

"旋转。"

有主照问的话语有如潮水般不断涌出，没有人能阻止。包含我在
内，所有人都做不到。因为那是只属于小知及有主照问的世界。这个

想法束缚了我，令我垂下了头不知如何是好。但是大约十秒之后，我察觉到了异常。

我抬起头，竖起耳朵仔细聆听。

通信室内不再传出说话声。

我不禁转头与米亚面面相觑。接着我们不约而同地望向室内实时影像。一直到刚刚为止，两人都是以轮流说一句话的方式进行对话。有主照问已经说完了，接下来应该轮到小知才对。

然而小知却是面无表情地闭上了双眼。

反观有主照问，则是瞪大了眼睛，一副苦苦思索的神情。

"不……不对……"

有主照问竟打破惯例，又说了一句话。

小知依然闭着双眼没有开口回应。有主照问想了又想，半晌后终于再度开口说道：

"密度？"

小知没有睁开眼睛，只是轻轻点头。

我看着两人的互动，顿时恍然大悟。米亚应该也已明白这是怎么一回事。虽然我们完全听不懂他们的对话内容，但室内的气氛已说明了一切。

有主照问没有说出正确答案。

他搞错了。两人的对话之桥有如针一般细，有主照问就像是从桥上掉了下去，没有说出独一无二的正确答案。因此小知静静地等着有主照回到桥上。

虽然最后有主照问凭着自己的力量重新爬上了桥，但两人之间已出现了一道难以攀越的高墙。

"球。"

小知慢条斯理地说出了回应。但有主照问再度吞吞吐吐，说不出话。他的脸上出现了焦躁之色。直到刚刚为止，他都能找出正确答案，但如今他开始迷惘。

"御野先生……"

米亚指了指公共层页。两人的大脑神经影像又出现了变化。有主照问的脑部活性持续攀升，斑点状的红色活性区块遍布大脑每个角落，量子叶的运转率也几乎达到上限。可见得他的大脑正承受极度的压力。

相较之下，小知的大脑活性却开始降低。

原本像太阳一样火红的区域，逐渐转变为橙色。不停旋转的活性区域也稍微降低了速度。就好像失去了动能的活塞，大脑的信息传递活动出现了些许的停滞现象。

"她不满意？"米亚脸上的五官几乎皱在一起，"凭首席执行官的能力，没办法让她的大脑获得满足？首席执行官以及我们所制造的量子叶，无法达到等级九的境界？"

通信室内确实正发生着米亚所描述的情况。有主照问必须绞尽脑汁才能挤出一句话，而小知却总是回答得气定神闲，仿佛早已猜到有主照会说什么。两人之间已出现了明显的差距。小知遥遥领先，首席执行官光是要跟上其步伐便已精疲力竭。在场任何人都看得出来，两人的对话已接近尾声。

米亚凝视着两人的数值，满脸沉痛之色。表情的背后，是一种五味杂陈的复杂心情。站在研究人员的立场，这样的结果令她相当沮丧，但如果对话就这么结束，首席执行官将可以全身而退，这又令她心中暗喜。两种矛盾的心情，生动的表现在她此刻的脸上。

米亚轻轻摇了摇头，将视线自空白区域抬起，凝视着我说道："这样一来，知小姐也能平安无事。"

她的脸上同时流露出失望与安心。没错，只要等级九的对话在这种状况下结束，小知也不会有性命之忧。

这场对话将以这个方式画下句号。

"御野先生？"

我听见了米亚的呼唤，但我没有办法作出回应。

因为我的心中浮现出了另外一个完全不同的想法，而这个想法源于存在我心中的一个疙瘩。

内心深处的中枢意志不断呐喊着"好像不太对劲"，仿佛想要告诉我这不是真相。我无暇理会米亚的呼唤，陷入了沉思之中。

有主照问没有办法达到小知的期望。他移植量子叶的时期太晚，只是个半吊子的等级九，无法提供小知充足的知识。因此小知没办法达到最完美的大脑活性状态，没办法让大脑进入濒临死亡的境界。

如果小知成功的话，或许她现在已经死了。就在她体验到最完美的大脑状态的下一秒，她将失去生命。她的人生将在此落幕。在临死的前一刻，她将知道非常非常多事情。没错，非常多的事情，但不是全部。

这个说不上来的疙瘩，逐渐转化为毫无根据却令我深信不疑的真相。

我的想象力在我心中描绘出了"真正的小知"。

"小知的心愿是获得一切知识。"

"只要世上还有小知不知道的事情，她一定不会想要结束生命。"

想到这里，我不禁抬起了头，望向特别通信室的实时影像。有主照问简直像受到操控的人偶一般，对着小知说出了下一句话。

"事件视界。"

小知一听，脸上漾起微笑。她缓缓将视线从有主照问身上移开，望向特别通信室内的摄影镜头。仿佛实时影像内的小知正凝视着我。

她的下一句话，是对着我说的。

"死。"

我明白了。

我终于完全摸清了她的想法。

我转头望向通往通信室的三道门，跨出了步伐。米亚在背后呼喊着我，但我没有理会她。

所有的信息自然地拼凑在一起。我依序回想着与小知相处的这四天，我们所遇到的每一件事，以及她所说过的每一句话。

　　大僧正曾说过，所谓的"悟"就是预测未来。但死亡是人类唯一的终点。一旦死了，一切知识也将消失。后来我们又在京都御所的地底下发现了一些记录神代传说的古籍。在日本神话中，伊邪那岐神曾前往黄泉之国，而知识之神伊邪那美正在那里等着祂。

　　伊甸园的守护神，是智天使基路伯，以及"旋转的火焰之剑"。

　　我握住门把，打开了第一扇门。

　　追求知识是小知的最大目标。她想要知道一切，想成为"全知"之人。因此她利用各种方式搜集信息，并将所有信息储存于大脑这个"信息压缩器官"内。她的脑部介观回路不断自我组织化，建立严谨的秩序，借以储存更多信息。

　　但所谓的"信息"到底是什么，直到现在我依然说不出个所以然来。

　　我无法给予信息一个严谨的定义。信息到底遵循什么样的法则，有着什么样的性质？我不知道信息是什么，所以我只好凭借自己的想象来定义信息。为了理解这个我不明白的事物，我必须将其他我所知道的事物组合起来帮助自己想象。我不知道什么是信息，所以我先从信息以外的事物下手。这世界上只有一样东西不是信息，那就是物质。

　　我打开了第二扇门。

　　信息是否拥有与物质相同的特性？

　　小知竭尽所能地将信息塞进了脑袋里。她凭借着等级九的能力，搜集全世界所有信息，为其建立严谨的秩序，将其储存在大脑之中。庞大的信息存在于大脑这个小小的空间里。如今她的大脑有着全世界最大的"信息密度"。

如果信息拥有与物质相同的特性……这或许意味着庞大的信息经过高密度压缩之后会开始坍塌。一旦信息开始坍塌，或许会产生一种任何信息都无法逃脱的空间。

当大脑的活性达到巅峰，信息密度突破了极限，每个人都会被囚禁在那坍塌的空间之中，再也无法离开。我很清楚应该怎么称呼这个现象。

死。

所谓的死，就是信息的"黑洞化"。

我打开了最后一扇门。

走进特别通信室，有主照问露出了一脸错愕的表情。我不疾不徐地通过他的身旁，朝着小知走去。小知带着满脸的微笑抬头望着我。如今她的大脑历经了与有主照问的对话，想必已储存了接近极限的信息。

思考逐渐接近尾声。

我开始归纳出最后的结论。

倘若"死"真的是信息的黑洞，事件视界的另一侧应该是个扭曲变形的世界。但在其深处，还隐藏着另一个可能性，那就是以数学角度所定义的黑洞本质。爱因斯坦—罗森桥（Einstein—Rosen bridge），即通往另一个时空的"虫洞"。

那是个世上没有任何人亲眼见过的信息时空。但我们凡人早已给了它许多名称。

"天堂。"

"地狱。"

"黄泉。"

"伊甸园。"

"死后的世界。"

小知并非想借由死亡来结束一切。死亡对她而言，只是个中继点而已。为了实现"全知"，她想要得到死后世界的知识。如果待在现在的世界，这个心愿永远无法实现。

我轻轻触摸小知的肩膀。

我的内心微微感到寂寞。

今天是"约定的日子"，她要去见"那个人"。

"帮我向老师问好。"我回答。

"嗯……我出发了。"

说完这句话后，小知就死了。

V. 死亡

KNOW

1

我依循着启示视界的翔实向导说明开着车子。

沿着丸太町一路往东，越过了鸭川，转进东大路，便看见了一座占地广大的设施。接着我按照向导指示的动线前进，将车子开进了京都大学医学部附属医院的停车场。

我打开正面出入口的玻璃门，进入巨大的主楼内，启示视界的角落出现了建筑物的简略介绍。全栋共十二层楼，于两年前建成。大学本身当然没有那么多钱建设如此大型的医疗机构，但京都大学不管是大兴土木或是推动研究，都有许多企业愿意出钱赞助。事实上这座医院可说是缔造了双赢的局面。不仅大学可以在如此豪华的医院里自由进行新型药物的实验，而且站在企业的角度来看，与一家大型医院建立良好关系也能从中获得不少好处。

启示视界上标示出了前往目的地的路径。我乖乖地沿着那条线前进，想象自己是一颗在轨道上滚动的金属玩具球。

每次来到医院，我总是会想起从前老师跟我聊过的一些话。听说数十年前的医院为了防止医疗仪器受电磁波干扰，禁止使用通信器材。

若在现代，要是医院里无法连上网络恐怕会导致许多病人罹患通信障碍性分离焦虑症。不过我转念又想，像那种一刻也无法离开网络的人恐怕也没办法参观京都御所。值得一提的是分离焦虑症的复健规划中竟然包含参观御所，简直像苦行僧一样。

我走出主楼的后门，朝着隔壁的大楼前进。主楼里到处都是人，相较之下隔壁则相当静谧，几乎没有人进出。门口的警卫以电子叶确认了我的个人标注资料，亚尔康企业职员识别号码让我获得了进入许可。

历经了一连串事件后，我选择了离开信息厅，进入亚尔康企业工作。

虽然上个月我干了不少违法的事情，但有主照问私下为我疏通了各政府单位，让我得以无罪释放。只要我愿意，我就可以继续待在信息厅工作，但此时的我已对等级五失去了兴趣，因此我决定跳槽进入亚尔康企业，至少这边的工作有趣得多。如今我每天都跟米亚一起忙着分析量子叶的结构。

值得一提的是三缟听我说起"亚尔康企业有个叫米亚的女职员既年轻又超能干"，竟决定陪着我一起离开信息厅，跳槽至亚尔康企业。虽然这对我来说是求之不得的事，但恐怕信息厅得花好一段时间才能恢复正常运作。

我依循向导指示搭上电梯，到了六楼后向护理站的护理师说明来意，接着又通过了两扇需要身份认证的门，进入一条非常短的走廊。

事实上这是一条专用通道，尽头处便是一间专供亚尔康企业使用的 VIP 单人房。

房内颇为凉爽，柔和的阳光自窗外渗入。房间的中央摆着数座医疗仪器，及一张多功能电动医疗床。

小知静静地躺在上面。

我坐在床边的椅子上，看着小知发出微弱的呼吸声。她的后颈部装着一具仪器，看起来像是没有弦的竖琴。

小知已经死了。

那场对话让小知脑中的信息量突破临界值，小知不出意外地失去了生命。大脑机能停止，呼吸及心跳也停了，可以说是彻底死亡。

但为了应对这样的紧急状况，医疗团队早已在一旁待命。救护人员以最快的速度为小知实施了最高水平的急救措施，并为她装上了"人工呼吸机"。

那就是她的脖子上那具仪器。由于看起来像竖琴，因此有了"竖琴"这个别称。

"竖琴"是一种运用了电子叶技术的医疗仪器，就跟启示装置一样能够以非接触性的方式诱发脑部神经活动。电子叶的移植位置为前头叶，主要作用对象为视神经及听觉神经，相较之下"人工呼吸机"的装设位置在颈后，主要作用对象为脑干神经。这具仪器的主要用途在于刺激维持生命所需的神经，以人工方式建立自发性呼吸及心脏律动。只要不拆掉仪器，小知的肉体便不会"死亡"。只要待在亚尔康企业专用的 VIP 房内，持续输着营养液，她的生命机能就能一直维持运作。

但她的大脑早已死了。

而这正是她当初的心愿。

对小知而言，那次的对话其实是一场"死亡的生成实验"。

有主照问与小知都拥有等级九的能力，这两个高度信息集合体互相冲击引发信息坍塌，"制造"出死亡。其原理正如让带有庞大能量的基本粒子互相冲撞以制造出黑洞。换句话说，小知是以人工的方式重现了"死亡"这个现象。她成功建立了一个"通往死亡世界的入口"，并且走了进去。

我愣愣地看着小知颈部的"竖琴"。

这个仪器的名称来自一个希腊神话。这个典故与日本的伊邪那岐、伊邪那美双神典故极为类似。竖琴演奏家奥菲斯为了救回妻子而冒险进入冥府，他答应妻子"绝不回头看"，却在最后一刻违背了这个约定，妻子因而再度被吸入冥府之中。从这两个古老传说可看出一件事，那就是不管是黄泉也好，冥府也罢，都有着将活人吸入其中的力量。

或许这就是"信息的重力"吧。这股力量对我们凡人而言，只能靠想象来加以理解。一股能够将人拉进死亡世界的信息引力。其速度之快，足以吸入所有信息而毫无遗漏。小知自愿进入了那个世界，所以她死了，彻彻底底地死了。

但有一点让我想不透⋯⋯

为什么小知不直接对着脑袋开枪？

小知追求的是大脑的"完美信息状态"。压缩了大量信息的大脑达到最高的活性，所有信息同时浮现，有如"走马灯"一般。而那正是临死前的大脑状态。

问题是既然如此，为什么不干脆自杀？要让大脑进入濒死状态，根本不需要劳师动众，也不需要缜密的计划，只要吞枪或跳楼就行了。为什么小知选择通过对话来迎接死亡？为什么她要在亚尔康企业安排下的完美环境中，毫无后顾之忧地死去？

我不禁想起了她曾经问过我的那个问题。

如果有一艘能够在事件视界的两侧来去自如的宇宙飞船，你会坐上去吗？

以下只是一个毫无根据的想象。

或许她真的准备了这样的宇宙飞船。或许她获得了某种我们所不知道的宇宙飞船制造技术，先准备了这么一艘能够在死亡的半径内外来去自如的"信息宇宙飞船珺"，接着才在万全的准备之下进入死亡世界。

我不禁看着她"熟睡"的面庞。

心中的想象力唤醒了她当天对我说的最后一句话。

"我出发了。"

想象力逐渐转化为单纯的信心。

"小知一定会回来。"

"而且会带着没有人知道的知识作为伴手礼。"

小知回来的那一天，人类的知识视野将再度获得提升。

尾声

K N O W

少女在启示视界上开启了行程月历。在"二一一九年十月"这一页上，记录着不少行程安排。

少女身上穿着高中制服，坐在电动轮椅上，沿着学校走廊前进。身穿套装的母亲一直紧跟在旁边。

几名男学生一边嬉闹一边自走廊另一头走来。就在与坐轮椅的少女擦肩而过的瞬间，男学生们的个人资料出现在少女的启示视界上。

这些资料中不再有"信息等级"这一栏。

二一零四年日本政府修改法令，废除了限制个人信息存取权限的信息等级制度。如今全日本国民都能自由取得网络上的绝大部分信息，同时绝大部分的个人资料都不再受到任何保护。从前唯有"等级六"的人才能拥有的信息权限，以及唯有"等级零"的人才必须承受的个人资料公开，如今已成了全体国民的共同权利及义务。没有任何人对此持反对立场或感到厌恶，因为对绝大部分人而言，公开个人资料已是理所当然的事情。

母亲带着女儿进入了咨询室。一个男人早已等待多时，他是少女的年级主任。老师和母亲各自坐在椅子上，少女则依然坐在轮椅上。老师在公共层页上开启了数篇教学档案，并针对这些档案作了一番